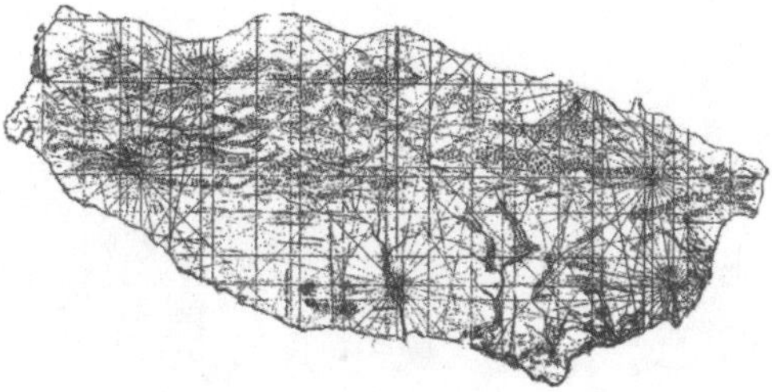

二魚文化 文學花園 C148
2019臺灣詩選

主　　編 孫梓評
特約編輯 王筱筠
美術設計 周晉夷

出 版 者 二魚文化事業有限公司
發 行 人 葉珊
地址 23499永和福和郵局第55號信箱
網址 www.2-fishes.com
電話 (02)2937-3288
傳真 (02)2351-5288
郵政劃撥帳號 19625599
劃撥戶名 二魚文化事業有限公司

總 經 銷 大和書報圖書股份有限公司
電話 (02)8990-2588
傳真 (02)2290-1658

製版印刷
初版一刷 二〇二〇年十月
ISBN 978-986-98737-1-0
定　　價 三四〇元
贊助單位 臺北市政府文化局

2

0

0

0

教學影片教妳怎麼擦血色指甲油

李玥

薄擦一層顯得氣質
像是由內而外的粉紅
像是
無傷大雅
保有妳要的透明

教學影片這麼說：還不夠
（馴馴善誘地）
請在確保乾了之後
好的
三分之二上第二層

新的可以融解舊的
接縫是
看起來自然
容易
那麼　不知不覺
（巡巡善誘地）
別擔心　別
（察覺的話請偷偷）害怕

她們的審美一致而美
由少數人決定
跟隨即是思考
聽從同義明智
主流是如此　親愛的
（思想太重沉澱的歸類為雜質）

指尖第三層
就更接近血色
所有的鋪墊都為了
妳（她們）的滿心期待
妳（她們）想

血色會襯托白色
多美

親愛的
妳將看起來更
乾淨
天真
和平

更像

教學影片上的樣子
妳以為妳想要的樣子
（不是妳）

她們替妳刷上最後一層
（終於妳也陳列　在留言區）
（塗壞或中途揭開的被檢舉封鎖刪除）
（另一個人點開影片）

：親愛的　這是適合講粵語女孩的顏色
也適合講台語的妳

——刊載於 2019 年 12 月 25 日自由副刊

李玥

本名李月婷，生於 2001 年，水瓶座和雙子座。
目前就讀於國立台北教育大學藝術與造形設計學系一年級，希望可以畢業。
喜歡追劇跟吃垃圾食物，講話很難聽，夢想是當大富婆。
大俗人。

書房

呂澄澤

帶我到你的書房
給我讀詩集、待批改的論文
我也給你讀我的，以及
攤在月光下赤裸的事實

我將徹夜點燈沉思
這書房問我的哲學問題，比如
冬季終日覆蓋身體的棉被
是否成為自己的一部分，或是
無人知悉的一場雪
是否曾經降在森林裡？

2000—

於是那些所謂夢境之類
都不過是另一個時空的投影
如同閱讀無數虛構情節
人物生而又死死而復生
這檯燈、沙發和躺臥其上的我們
也只是一幅掛在牆上的油畫

告訴我，這書櫃的祕密
何以傾倒在我身上
像陰雨填滿一處低窪？
當一切被讀盡，你的詩句
將留下一個印記
還是終將在天晴時蒸發？

晨光自玻璃折射進眼中，你

從我身上移開打破沉默
撿拾滿地的書本稿紙欲歸位
書房是紙搭造的世界
而我們是兩滴墨水
即將乾燥

——刊載於 2019 年 8 月 11 日聯合副刊

2000 —

2000 —

呂澄澤

2000年生於桃園，畢業於建國中學，目前就學於台大外文系，學習中的詩人、語言學家、老師。小時候夢想很多，現在只想要睡個好覺，早上起來會有精神的那種。萬物眾生皆可愛，吾愛吾師但吳詩更愛真理。據某前輩說文學獎會限制創作，身為一獎詩人就放心不投了（其實只是懶）。曾獲台積電青年學生文學獎。尚未有著書。

1990

時差

王信益

午夜的街口
時間的貓
冷成雪花

想念是水霧
心底的山路蜿蜒
我把整座山頭都捻熄了
只留下一盞街燈

剖開時鐘的肚子
陰影的伏流
搏動如暈眩的靜脈。

失控的斑馬
在荒原瘋狂繞圈

胸口微凸的隱刺
是你親手種植的秒針
鐵屑是火的灰燼
票券的字跡斑駁
年久失修的時差
如視網膜剝離的眼
飛蚊成為我們
身上的印記

「你會來見我嗎？」

我把整座山頭都點亮了

又把整座山頭
捻熄

——收錄於《反覆練習末日》，秀威資訊

1990 —

1998 —

王信益

1998 年元旦生，高雄人。摩羯座 B 型。
始終愛不了自己，願能成為溫柔的人。
曾獲高雄市青年文學獎、全國文學營創作獎。
風球年度詩人獎、全國優秀青年詩人獎等等。
新詩、散文作品，發表於各大詩刊、文學雜誌、報紙副刊。
2019 年 11 月秋天，出版詩集《反覆練習末日》（秀威）。

IG：rain_candy_poem
雨季裡的糖果 / 王信益

異同

邱學甫

「不能用過就丟的東西愈來愈多。」
你彎腰，抽出新買的環保吸管
「多麻煩啊這個材質
直的不能拐彎，彎的不能掰直。」
手指沿著渴望的虛線撕開飲料
用可回收的直
深入一次性的包裝，攪弄
取出殘留液滴的管口對著我
開一個充滿矯味劑的玩笑：
「你覺得吸管是一個洞
還是兩個？」
內裡突然潮解

某種本真性的哀傷發生了
一旁電視上打翻的新聞淹出螢幕
我們的房間不再渴
喝不完這些河流一樣的沉默
也就沁入體溫的夾層間

顫抖愈來愈多
沖澡後皺起的皮肉
蛻出搞笑漫畫情節般的虛線
那些以為跨越了的幾何
只是被刺青似地穿在身上
卻要彼此觸摸，直到夜晚乾涸
迷路的指尖才願意承認
你依舊拐彎回去
我依舊筆直地離開

這樣回收寂寞的複合材質
沒有辦法再利用

——刊載於 2019 新北市文學獎新詩獎優等

邱學甫

1998 年生，高雄囝仔，高二接觸現代詩，現就讀於高雄醫學大學藥學系。目前創作亦包含散文，曾被評審謬讚「讓人聯想到三島由紀夫」等語，部分詩作與散文以本名在 Instagram 上發表。曾獲高雄青年文學獎、新北文學獎、馭墨三城高中聯合文學獎等。

旅人之死

劉宸君

如果有天你死了
我想我會去旅行
我得去確認世界是不是好的
值得你為了它的魅惑
而不及經歷

如果出發那天到來，我會對著海說：
「海是罩籠於山脈之上的澄藍天色
眼淚形成石塊
些微捲曲的島嶼邊緣
掀起回返的長浪
若一來一往稱得上是悲傷

將不再有任何物質被容許吸納。」
自此我背海而行
卻仍面向另一端的海岸
我暫時判定，
世界不是好的
因海的聲音不曾止息

但我必須相信世界是好的
如同相信你已然死去
我站在島的中央
用山脈創造陰影，交換
彷彿窒息的祕密
像時間自植物的孔隙穿越而來
生命流瀉於地
萎頓的壞朽光亮

溫煦如是

如果你死了，請原諒我
因為我的世界可能
沒有你的那麼好
——海太憂傷，山過多裂縫
但也不是真正不好
因你未曾經歷的好
將化為困惑未明的時間方格
傾斜底活著

——收錄於《我所告訴你關於那座山的一切》，春山出版

1990 —

1998 — 2017

劉宸君

1998 年 7 月 7 日生於苗栗，2016 六年入學東華大學華文系。2017 年 1 月與旅伴前往印度，於 2 月底入境尼泊爾，並進行預計一個月的塔芒及藍塘山區健行。3 月中旬遇到該季節罕見的大雪，受困於納查特河谷（Narchet Khola）旁的岩石洞穴，並於同年四月底去世。
喜愛文學、登山與旅行，活動的山域多屬於中海拔山區。

賣火柴的少女

曹馭博

奶奶，下雪了。
世界從來就沒有屋簷
所有顫抖的人
連口袋都無法藏匿他們的死
我像三隻腳的椅子
能夠佇立
但無法存活

奶奶，黑暗遞來了風
會是誰送給我的？
最後一絲火花濺在街道上
我必須抓住自己剩餘的一切

否則將永遠成為雪
在鐘聲的催眠下
妳在夜霧的缺口中看見了我
我與世界剩下來的十億人
都慢慢地走入自己

奶奶，請不要
悲傷地移開妳的視線
是不是我也進入了
春天的禁止線？

——刊載於 2019 年 4 月 19 日聯合副刊

曹馭博

1994年生，東華大學華文文學所創作組畢。曾獲林榮三文學獎新詩首獎與若干文學獎。詩集《我害怕屋瓦》於啟明出版社發行，並獲得臺灣文學金典獎蓓蕾獎。

過橋

陳柏煜

I

通過魚的嘴進入夜的脾胃

騎車過橋
魚刺形橋身不帶血肉
橋邊好大的一隻貓
在枯萎的水邊
是芒草與太茂密的黑暗
意味深長地蹲著
橋下
牠的瞳孔在河面放大又縮小

那看不出飢餓或飽足的
月亮在河面上輕浮
它看
是誰從橋上經過？

（一條細而發瘦的筋懸宕著
我們騎機車過鋼索
拉伸橫跨兩岸的大腿與小腿

一併沉默忍受與共享
從甲地到乙地
必要的運動與疼痛）

橋頭，併攏一箭穿心而過
我和你輪流

不斷穿透彼此
經過一盞燈
就吞吃彼此一次

箭形如魚，鋒利見血
我扣著你的腰精實地運動
可是在移動中
又維持端坐放鬆的樣子
貫穿其中的愛情
是白而且硬的脊椎

在完全通過之前
風是帶磁的針
從未來不停投射過來

一些刺痛我們
一些
附著我們，如銀刺蝟

II

夜晚是一尾黑鰻魚
窩在宇宙的河底
其中一枚石頭是我們的地球

沉落的橋在河底扭動
彷彿一名溺水者
泥沙與氣泡如行星
繞著他的臉

總感覺另一名自己
沒有落下水來
那座橋多麼憂愁
趨身，凝視天空的裹屍布
眼睛對著眼睛

我們的地球被拉成平面
也會是一條河
打河邊經過的人
都要剪斷燦爛的水面
夜晚就是這樣的一把剪刀

——收錄於《mini me》，時報出版

陳柏煜

臺北人，生於1993年。畢業於政大英文系，在學期間曾擔任政大文學寫作坊負責人。木樓合唱團歌者與鋼琴排練。作品入選《九歌108年散文選》、《九歌107年小說選》、《2018 台灣詩選》。出版散文集《弄泡泡的人》、詩集《mini me》。獲選雲門基金會「流浪者計畫」。

美食節目　之二

許含光

食者曰物
過了喉
便是胃
攝取均衡
腸道通暢
一夜抵達肛門
食物通過我們

想起你的食物
進入他的食物
到了喉
跳過胃

在臉上
肚子上
橡膠上
愛者曰人
臥著觀賞
你的食物
進入我的食物
愛情通過我們

——收錄於《齒與骨》，有鹿文化

許含光

1993 年出生於台北，父親是詩人許悔之。許含光的音樂風格是難以界定的，聽者不難直覺抓出其英倫搖滾的復古肌理，卻又有民謠的柔美，清新而抑鬱，悲泣得如此溫潤。2017 年底發表其首張全創作專輯《曖曖 A Portrait of My Milky Way》。2018 年 6 月參與了由騰訊視頻推出的音樂類節目《明日之子》第二季。2019 年加入好多音樂，推出新單曲《25》以及文字作品《齒與骨》。

表情、速度、音色

王和平

quanto possibile　盡可能地。
quasi niente　幾乎無聲。
queste note　這幾個音符。
quietissimo　極安靜的。

（被奪去了的）自由的節奏
滾奏
音聽來
似乎連成一片。

sans pédale　不用踏板。
sans presser　勿趕。勿慢。
始終是頓音
小錘只打到一根弦
連續的　鼓的長音 滾動
更遠的：向前的

繼續的 ＞

悶住了的聲音 要響亮

相當地。

可能地快。

可能的

被搖動了的

稍快些

速度稍快地

朝向

隨心所欲地 出神

還要更快

還要更……；仍是……

不；不是；不要

不如此之多

不太過分

突強後立即弱

強即弱

重新

改高八度 演奏

改高八度

依匈牙利風格

熱情洋溢

使人激動（而至流淚）地

每次和聲改變的時候都換一下踏板

⊕（即起來再下去）

深深的。

催趕：加快

果斷的

打一「下」、撫一「下」

用舌打

sans sourdine 不用弱音器。

la mano sinistra sopra 左手在上面。

右手。

左手。 左手在下。

segue 不停地繼續下去；
不停地繼續下去；
不停地繼續下去

molta espressione 很多的表情

morendo 已死去的（逐漸微弱到無聲）。

塞住了的
很多的表情。
所有的弦 高興

sur le chevalet　在馬子上（演奏）

在 G 弦上演奏

懇求的；央求的

（故意）賣弄的

從頭 𝄌

ciò　這個。

cioè　這就是。

très fort, mais très chanté　很強，但要儘量歌唱。

♩ = circa 120　四分音符每分鐘 120 拍左右

用陰性結

尾　：）。

・全詩文字剪貼自《音樂表情術語字典》

——刊載於《幼獅文藝》2019 年 10 月號

1990 —

1991 —

王和平

原鄉香港流浮山，目前駐花蓮，就讀東華大學華文文學所創作組。有時候唱歌、造聲音。2018 年末出版了音樂專輯及同名小誌《About a Stalker 路人崇拜》。發現在地球難以為繼自此喋喋不休。

醒在果核上

李蘋芬

草在長
玻璃在碎
雲和果皮在黑
鐵皮屋在醒
皮膚的汗
在熟

謎語一般可愛
的草，你種的透過
玻璃像貓眼
那樣驕傲
黑而且亮

我站在角落
來自發汗的雲
若不是熱
枝椏也有黑色
醒在一顆果核上
屋裡都是壞掉的草
我踏出泥

次日
交還名字的部首
給那些
眼裡的荒原

——收錄於《初醒如飛行》，啟明出版

李蘋芬

有詩集《初醒如飛行》（啟明，2019），現為政大中文博士生。曾獲詩的蓓蕾獎、台北文學獎、國藝會出版補助及台文館台灣文學傑出論文獎。

乘客

蕭詒徽

又一個早上那人沒有原諒昨天
在月台上，他和他的身體站得很遠
眼前的車門睜開或閉上，看見他，看見卻沒有帶走他
一切都好只是每天都走的那條路
竟又忘記他了。迎面空氣輕輕醒來
參加他的早餐，又一遍
把今天塞進他的身體
很久沒說上什麼話了日子與他

那人好像是我。又一個我
在月台上陪自己等一班車。又一個早上淪為過程
我背著昨天的遺物

找到稍早自行出門的身體，遲遲不敢相認
我的臉在他臉上好新，還沒被別人的注視
所使用，如一面車窗因路途而衰老
曾經我們一起視連續為安逸，視安逸
為一種抄襲。如今他蹲了下來
為了綁好一隻不斷鬆掉的鞋，甚至可以忘記
當初打結的原因

誰都被明天抵達過。又一段過程
淪為結論。又一個人淪為鏡中的自己：
一面慢慢變難的牆，一個愈走愈小的房間
每一天在月台上趕著搭乘自己，我害怕我的身體
害怕今天
已經錯過我的身體

又一個早上我沒有問自己想去哪裡
那人戴著耳機，看見但聽不見我
沒有移動，但離我愈來愈遠
鬧鐘叫醒了他而他決定先走
沿那些不認得他的路前往他還認得的地方
想再快一點，再快一點跟上他
跟上他但不跟隨他
擁抱他，但不成為他
告訴他黃昏不是最危險的
告訴他最好的
最好的事情還沒有發生

但就要來了下一班車
警笛響起，提醒我快來不及了
必須拍拍他的肩膀，說

我回來了。我回來了。不告訴他
又一個早上我們依然是別人

——刊載於 2019 年 11 月 12 日自由副刊

蕭詒徽

生於 1991。作品《一千七百種靠近——免付費文學罐頭輯 I ——》、《晦澀的蘋果 vol.1》、《蘇菲旋轉》（合著）、《鼻音少女賈桂琳》。網誌：輕易的蝴蝶 www.iifays.com

一九八零

荔枝

純銀的耳環
掛在耳上，吊著、晃著
像秋日的秋千架

那人的眼睛
會被太陽的閃光所惑
先是抬頭
然後看到我

他會給我愛，對我灑下
像夏天的荔枝
一串串

吳緯婷

我必須非常小心，處理那些荔枝
如同處理其他女人的名字
畢竟愛是
微量毒性的水晶丸

剔透、味甘、清甜
火山的顏色
離枝便枯萎

——收錄於《一次性人生》，有鹿文化

吳緯婷

宜蘭人，師大國文系，倫敦大學 Goldsmiths 學院藝術行政與文化政策碩士，現職藝術行政。處處好奇，容易受歧路吸引，喜愛迷途風景。曾獲優秀青年詩人獎、金車現代詩獎、漂母杯文學獎、蘭陽青年文學獎、文化部青年創作獎勵計畫、跨界創作及展覽等。著有詩集《一次性人生》，散文集《行路女子：記每個將永恆的瞬間》。

潮汐

鄒佑昇

它回來時，你會感覺被碰觸
在你一向握著它的掌心
如此，是一個時刻
如果它終於在你緊握的手中貝裂
你得到時間

石頭、硬幣、祝賀用的碎紙、樂器的柄
回來，裂開。集會上
你受僱
將球一一拋入頭上的天空。
它們會落下，而你想接住它們

頭微微後仰，你偶爾
看見虛空。任一運算的背景。
你的主題是輾轉來到手上的球之遞增：
加一，加一，加一……
拋與接。你的主題
是一將要完竣的拱頂

之下，透明的擾攘的大廳
本身是一句話。口裡的話
都要在這話裡變為另一句話：
月亮，拘束，被提的液面。
我們，密封，甕。

上升：有人張開口，從自己的口出來
像蛇離開覆葉，進入更深的夜

進食，吃盡一切晃動的熱。
上升：有人已經進入死水裡能夠有的那個世界：
倒行的人，逆施，頻頻穿過我們幽靈的幼蟲

——刊載於 2019 年 12 月 4 日自由副刊

1987 —

鄒佑昇

1987 年生於宜蘭，三歲後定居苗栗。臺大現代詩社社員。
2013 年末出版習作集《大衍曆略釋》。將於 2021 年出版德語習作集《集合的掩體》（die sich vereinende deckung）。現就讀於慕尼黑大學佛教研究博士班。

縫

蔡文騫

每晚背對背弓身躺著
有默契保持恰好的距離
伸長手腳不觸及誰的隱私
翻動龐大疲憊身體時能保有
各自夢境的形狀

影子和影子之間
餘光切割出一道長長傷口
豁亮刺眼的峽谷
房間也分成兩半
你和我的，面窗和靠牆的
擁抱過的與遺棄的

天亮以後，所有的邊界被復原
像一條拉鍊拉好拉緊
兩個人的樣子縫成一個人
被同一顆鬧鐘叫醒
一起出門一起吃便當
比肩坐在沙發上滑手機
一起各懷鬼胎

你也是善於修繕的嗎
用無關緊要的詞彙填補空白
以語氣的輕重粉刷
但光還是從某處滲漏進來
修補的地方明亮隆起
又讓生活其他部分都顯得陷落

不如起身把燈一一熄滅
縫是黑的
房子是黑的
最美的眼睛也不再反光
每個人被歉意緊緊縫在靜物畫布裡
一切看上去完好如初

——2019 新北市文學獎新詩獎首獎

蔡文騫

1987 年生，高雄人，台灣大學醫學系，皮膚科醫師，曾獲若干文學獎，著有散文集《午後的病房課》，喜歡讀詩，不確定自己能不能寫詩，但又無法放棄。

Deus ex machina

阿布

神說要有光
（長按電源鍵）
就有了光

在黑暗裡
神用祂的光
照亮你的前路
（亦可開啟手電筒 APP）
恩賜你智慧
真理
維基百科
與 Google 搜尋

神必叫你們自由
賜你以更強大的網路訊號
無限流量
隨時隨地上傳你的祈禱
乃神之恩典

神長得像什麼樣子呢？
（削瘦白人男性
理平頭穿黑色毛衣？）
或者神根本是一無比巨大的
虛擬伺服器
即使你渺小如六十億活動用戶之一
只要申請帳號密碼
祂也願意賜福與你

但切記要隨時禱告
行善
（睡前滑臉書
轉貼幾則健康訊息）
定期上傳朋友合照
與今晚的大餐
無所不在的神正從雲端
憐憫地看你
低頭捧著手機
等待天啟，虔誠如
中世紀僧侶

——刊載於2019年6月19日自由副刊

阿布

現就讀於國立東華大學華文所創作組。著有詩集《Deja vu 似曾相識》、《Jamais vu 似陌生感》、《此時此地》。

腹語

陳少

我躡腳靠近，把耳朵貼在櫃子
逝去的時間
場景
都爬出墳墓

那件墨綠色襯衫仍在歎息
「還以為和軍黑 POLO 衫會有好結果。」
「築間的鍋物和冰淇淋不錯吃。」草蝦和蟹腳泡在溫泉
翻騰勃起的紅潤
「我拚命在場上助攻，
但是……」
藍色格紋四角褲懊惱
洩氣的縐褶

「後來見了第二次面，不是嗎？」
「我喜歡三年前的鐵灰色運動外套。」
本以為可以忘掉
那件憨土的穿搭，竟然襯出胸，挺出山嶽
「七月二十日，
打手機祝他生日快樂。」
淡淡的河流綠，離開了大海
抽屜打開自己的心臟
取出火車票
將日期交還給站務員

蛋糕的燭火仍在燒
融化的蠟
癱在奶油上

火苗最後一刻還在等待適合的人
來許願

「一切都過去了。」
我準備打開
「一小時後，要去見樂高圖案T。」
衣服停止交談
等待我
穿起其中一件拓印陽光

——刊載於2019年9月24日自由副刊

1980—

1986—

陳少

有詩集《被黑洞吻過的殘骸》、《只剩下海可以相信》。臺北教育大學語創所畢業，曾浪跡薩摩亞（Samoa）和萬那杜（Vanuatu）。
得過林榮三文學獎、優秀青年詩人獎、紅樓詩社出版贊助計畫，入選《台灣文譯》。

我們僅僅談論事實

崔舜華

我們僅僅談論事實——
一只茶杯擱在
靜靜的碗上

月碗盛光
光自然亮
我們僅僅談論事實——
晚餐時刻，一條煎過的石斑
擱在無紋路的盤上

事實如果實
生長在無法觸及的伊甸

那人曾調笑我
生於斯土
叛亂彼方

無設想一處花間
故從來無好的去處
遠方是遠方的雪地
眼前有眼前的難題

我們卻僅僅談論事實——
撫摸手腕的刺青
給臉頰的疤上藥水
探詢被扭轉的氣球結
餵養睡著的貓和
醒著的貓

一只茶杯靜靜地
擱在碗上——一只
用過的茶杯擱在
靜靜的碗上

——刊載於2019年3月10日自由副刊

崔舜華

1985 年冬日生，國立政治大學畢業。會寫一點字、畫幾張畫、養一隻無理取鬧玳瑁貓。曾獲林榮三文學獎、吳濁流文學獎。有詩集《波麗露》、《你是我背上最明亮的廢墟》、《婀薄神》，散文集《神在》。

夜行列車

楊智傑

一個人無所事事
在夜行列車明亮的臥舖裡
丟著小紅球

紅球隨列車變換位置
移動
同時並不移動

其實我感覺這些受苦的人
也受限地愛著
在各種角度下考量事情
如何微妙地發生

冬日的陽光在玻璃窗
擦出舊舊的刮痕
在日光裡
這個人也搖晃著睡了
我將小紅球扔出窗外
反彈到了山壁
又捲進了
明亮的大海浪之中

——收錄於《野狗與青空》，雙囍出版

楊智傑

1985 年生，有詩集《深深》、《小寧》、《野狗與青空》。

中元

羅毓嘉

如何超渡一顆恨的果實
結纍在神佛胯下
此刻七月正半
三月修行
鬼火來又去了，給出半城的黝暗
恨只是恨的孩子啊
不要給他任何的貼紙
沒有愛的臉龐

如何超渡槍的激響
超渡子彈無目標的航向
列車上陡然亮出利刃，能怎麼呢

說不清的我們
該如何超渡孩子的憤怒的父親
假如他們
從未擁有一個愛的母親

無法超渡，亦無從擁抱的
愛。轉頭就要迎上雙唇
坐得太近
於是引起暈眩

每逢雨季我想起：
渡一次錯愛，花去我多少生命
親愛的，我該如何超渡你
你的髮鬢
呼吸，與聲音

最終我離席了。徒留你
側身，褪下衣履半穿
骸骨自地底發出細微的呼喚
那天他們目擊愛的毀滅
我們都死了啊
只有你在狂歡的夜
渾不知覺

——收錄於《嬰兒涉過淺塘》，寶瓶文化

1980 —

1985 —

羅毓嘉

1985年生，宜蘭人。紅樓詩社出身，臺灣大學新聞研究所碩士。現於資本市場討生活，頭不頂天，腳不著地，所以寫字。曾獲文學獎若干。著有現代詩集《嬰兒涉過淺塘》等五種；散文集《天黑的日子你是爐火》等三種。

幸福快樂的生活

王天寬

1

晚禱到了早上
變得涼涼的

從前從前
現在現在

火柴到微波爐

溫情的故事
變得燙手

2

說幾個謊
做一份愛
開房間
睡美人

3

「你愛上我嗎？」
我愛
上你

4

長髮長髮

都更都更
魔鏡魔鏡
Siri Siri
5
一字之差
重複過著幸福快樂的生活

——收錄於《或者溫暖你的屁股》，斑馬線文庫

1980—

1984—

王天寬

文字工作者。有詩集《開房間》、《或者溫暖你的屁股》。

張弓

王志元

我知道，冬夜裡的長燈
會是獵手最後的歸處
疲倦的獵手

白日太過清晰
而黑又令人恐懼
一個影子只能比喻一個事實

燈到不了的地方
有沒受過傷的蹄
摩擦著稀疏的乾草

箭到不了的地方
有緊繃的花苞
等著春天

醒來總是帶著恐嚇意味
像對空張弓
要活著的逃開

——收錄於《惡意的郵差》，逗點文創結社

1980—
1984—

王志元

曾獲林榮三文學獎新詩佳作、教育部文藝獎、南華文學獎、嘉大現代文學獎；部分作品收錄於《2012 臺灣詩選》、《生活的證據：國民新詩讀本》，以及《港澳台八十後詩人選集》。2011 年出版詩集《葬禮》，2019 年出版詩集《惡意的郵差》。當過週刊旅遊記者、人物組記者，現職為商業攝影師。

刀

吳俞萱

他關門的時候
我正在切洋蔥
剩最後的四分之一

我不放下刀子

繞過轉角
他的臉
將被削去

我試著露出
尋常的笑

要他記得離別
不過如此

轉頭
我剁碎洋蔥
繼續輕忽
離別的刀

兒子太小
被刀抵住
也不會演戲

他抓起一把洋蔥
往嘴裡塞
掉到地上的那些

他看也不看
我羨慕他
從不放下日常
看也不看
父親離去的身影
有多鋒利

——刊載於 2019 年 1 月 24 日聯合副刊

1980 —

1983 —

吳俞萱

1983年生，臺東人。著有《交換愛人的肋骨》、《隨地腐朽：小影迷的99封情書》、《沒有名字的世界》、《居無》、《逃生》和《忘形 —— 聖塔菲駐村碎筆》，試著將詞語的初始含義還給詞語，將初始的詞語價值還給事物。

工作記事

陳昌遠

在機械的腔內，無光裡
我觸摸自己的內臟
沿著部件我徒手爬行，掏挖
將油垢與積塵，自腸與胃抹去
那時一切都清楚了
儘管這裡永遠黑暗，而時間
是以運轉次數計算
鏽掉的螺栓若要鬆懈
必須以我自身
為槓桿
有時雙腳，比雙手更能
撐住一支扳手

有時雙手，比雙腳更能
探入一個深處

有時我極喜愛這一刻
帶著一桶溶劑
一副口罩，耳塞，一雙手套
我便能在此獨處六個小時
時間在勞動時是停擺的
當機器運作
我自己也是停擺的

穿過洩漏油水的管線
我在深處掘出一支扳手
它的型制，來自十五年前
幾塊鋁的破片，橡皮的碎塊

是近期的故障所生
油與垢，積塵，是產線上最小的單位
它們在凹處形成一塊沼澤
把一根螺桿困著
讓某個按鍵，再也沒有作用的價值

在深處愈久，愈感覺自己進入了宇宙
外頭的安全開關，是鎖定的
離合的連結，是脫離的
另一處連結此處的總電源
是切斷的
因此我是安心的

大量的黑暗與噪音壓過來時
我是安心的。

——刊載於 2019 年 8 月 6 日人間副刊

陳昌遠

1983 年生，高雄人，曾獲時報文學新詩評審獎，楊牧詩獎。做過十年的報紙印刷技術員。到臺北工作後，發現精神勞動比身體勞動的危害更大，有時會夢到自己還在工廠。以 ID：sea35 在 ptt_poem 板長大。

滴答滴答

孫得欽

1

不用悲傷，因為我
根本不算是生命啊
這樣的對白令人悲傷

2

幻滅是你所能經歷
最美的事

3

借我一把刀

我會殺死你

承諾與實現之間

有鐵的約束

4

站得夠遠的時候

什麼看起來都像笑話

5

一生也是這樣

像樹葉篩落的光

6

錯身多少次

又留下多少人

7

一生也是這樣
滴答滴答

8

愛情也是這樣
滴答滴答

9

光
滴答滴答

10

每棟房屋
都有自己的漏雨

11

從很近的地方看去
所有的墜落都值得
都必然

12

所有的欺騙都值得
所有的不告而別都必然
而所有的受傷……

13

救救我。

救救我。

14
能讓一顆心完整的
不是另一顆心
而是破碎

15
幻滅是你所能經歷
最
奢侈的事

16
我失敗了
因而贏得命運的拋棄

17 水的清澈要留給讚歌

——刊載於 2019 年 2 月 18 日自由副刊

孫得欽

1983 年生，東華創作與英語文學研究所畢業，翻譯為生，喜歡食物、尤杜洛斯基和《我是那》。相信一切存在都只是幻影，而所有不存在的都存在。著有詩集《有些影子怕黑》。譯有《當你來到幸福之海：卡比兒詩選》。

即景

一

有悔意的旅客
在湖邊看漣漪

二

淋過雨的中年人
在紙上畫虛線

三

新玩具堆當中
一張遺照與花束

四

算算折起的書頁
女人打消寫詩的念頭

五

兩個銅匠一起喝酒
不同尺寸的遠方

六

郵差在熨燙衣服
外頭有新的落葉

七

老人坐在許願池旁——
晚霞與麻雀

八

產房外的大樹下
園丁蒐集枯枝

九

裝訂師在趕工
貓咪在哪兒？

十

救生員看著大海
也許寬恕是難的

——刊載於 2019 年 3 月 18 日自由副刊

eL
1982 年生來無所事事，愛聽樹、看湖。

五月

林達陽

玻璃杯裡裝著氣泡與酒
以大人的樣子與人攀談
每當提起「我」時
仍不免欲言又止

春與夏的交界也不過
杯墊上一道淡淡的水痕
那是杯中曾裝滿了冰
在漸漸溫暖的世界裡
靜靜流淚的證據

——收錄於《詩心引力：磁力詩生活萬用曆》，聯經出版

1980—

1982—

林達陽

1982年屏東出生，高雄人。雄中畢業，輔大法律學士，國立東華大學藝術碩士。曾獲三大報文學獎、台北文學獎、香港青年文學獎、教育部文藝創作獎、優秀青年詩人獎等。作品入選海內外選集。

詩集：《虛構的海》《誤點的紙飛機》
散文：《慢情書》《恆溫行李》《再說一個秘密》《青春瑣事之樹》《蜂蜜花火》

Facebook：林達陽
Instagram：poemlin0511

被靜物

馬翊航

白日之日
墨水未乾的字體
稍停的呼吸在漂浮
心口與口
窗邊懸掛安詳的語病

葉片不會是一片葉
但鐘聲形成了鐘

我是雪，你是雪景
因為分散所以靠近
例如雨與雨聲

例如地獄與地

被裝箱的海與海魚
分離彼此的舞者與舞
時代屬於他們，曆法註定我們
限制所以歡快
玻璃內的火與火山

小心那些小心願
旁若無人的人
風波調整了風聲與波動
不能保證吻合的吻

記得的終究不可得
明天會天明

大雪是雪
只能是你神情動搖了神
寫實一再一再追求
鬼魂之魂

——收錄於《細軟》，時報出版

馬翊航

臺東卑南族人，1982 年生。池上成長，父親來自 Kasavakan 建和部落。臺灣大學臺灣文學研究所博士，現任《幼獅文藝》主編。著有個人詩集《細軟》。合著有《終戰那一天：臺灣戰爭世代的故事》、《百年降生：1900-2000 台灣文學故事》。

在詞語的世界裡

游書珣

讓我們慢慢砌出
事物的形狀
以語詞作為積木
拿開無用而多餘的；
有時它們垮下
妳挫折大哭，彷彿
它們淹沒妳，令妳窒息
我拋出各種語詞給妳
但沒有一個可以
載妳著陸，僅能
抱著妳，保護妳
在這語詞飄泊的世界裡

向妳解釋一個詞
以同義詞、反義詞
拆解它的形狀與聲音
回到語言的初始
擴散它，造十個句子
從各種角度
觀看它暈開來的樣子
若妳仍無法觸及
或許是我用過量的語詞
消滅了它，直到
下一次它又生出歧義
如此刻替我們頂著太陽
枝葉繁茂的大樹
更多明亮的詞彙

從它的陰影裡放射出來
它們悠悠經過妳的眼睛
像透明的精靈

妳善於挑剔，憤怒於
人們錯置的語詞
像把妳心愛的玩具
放在錯誤的櫃子
妳用淚水抹去錯字
卻找不到更合適的語詞
但妳發現了嗎？
就連哭泣也具有音樂性
妳的本身就是一個樂器
用意念敲打出聲音
如果過於用力

它將碎裂，失去和諧
讓我們將錯字輕輕撣去
會有另一枚字隨風飄來
如果那正是妳要的
它將脫去輕薄的透明翅膀
降落在妳掌心

假日的街道上
國語、臺語、東南亞語
嘈雜成一種
不可思議的語言
我們可以用它來寫詩嗎？
混沌的語言進入耳朵
在腦海中彎折、質變
成為一道光，暫時

是看不見的，但有天它將成為
我們脫口而出的詩句

親愛的女兒
我們把整個世界隔絕在外
在「我們」這堅固的祕密基地裡
鑽研著詩嗎？
每天，我努力
剝開語詞的外衣
像層層剝開自己
那使得我們更加親密——
親愛的，和妳一起
在語詞的世界裡
我樂於將自己
重新還原成一個

牙牙學語的人

——收錄於《大象班兒子，綿羊班女兒》，黑眼睛文化

游書珣

1982年生，最後念的學校是台灣藝術大學「應用媒體藝術研究所」。現為詩人、家庭主婦、自由藝術工作者。育有孩兒兩隻(青與雪)，出版詩集兩本：《站起來是瀑布，躺下是魚兒冰塊》、《大象班兒子，綿羊班女兒》。未來想實驗不同類型的媒材，創作賦有詩意的影片。

我與我的阿修羅愛人：二〇一七

蔡琳森

我與我的阿修羅愛人
攜手相偕，走入
一場不受青睞
雪夜的默劇。
那樣的我們，已不像
我們——原該閃耀著垛垛炫白
本來純潔無害

念起野放鴿子的手掌
那溫熱。念起

我的夢中

危危的閣樓內
小小的櫺窗外
一雙夜梟的瞳膜上，有一偌大的
旋將離棄我們飛逝而去的無垠的宇宙

當我的愛人阿修羅
緊緊纏抱不幸的預感
如一晷儀，闇中
舔舐往昔的日光
讓愛顛倒如投影，讓它將死亡贈禮之贗品
交託到我們的手上。讓我們
憑賴著帶刺且清醒的植株
在春天裡暈厥

就讓我繼續攙持她

雪搭造的堡壘，受負不住
時光的重量
終而見證了大地
也有大地無知的野心

曾閃耀著垛垛炫白
我們始終純潔無害

嶄新的日子是
一頭待宰的聖牛
服從求生的第一旨意
忽而脫韁
只欲奔竄離遁。
我的阿修羅愛人
皺眉吧，或是搖搖頭

只別再轉過身
別噤聲
別不給回應
不求答案

——刊載於 2019 年 11 月 3 日聯合副刊

蔡琳森

1982 年生。有詩集《麥葛芬》，南方家園出版。

家貓

顏嘉琪

你掉了毛
天空飄浮著灰白色
纖細的虎斑

我撐傘
打翻水碗
無法解讀的星盤

你舔了我
嘴唇和語詞
粗糙的靈魂
沾過酒的軟木塞

你穴居
壞掉的家具
物體中心
木造床、鏽蝕的鐵架
日子伸出利爪
我用隕石磨牙

你馴服
鋼索上
自戀的大象
填滿了鑰匙孔裡
家的形狀

——刊載於 2019 年 4 月 19 日自由副刊

1980 —

1982 —

顏嘉琪

雲林縣大埤鄉民，現居貓空山下。大學讀地理，國北語創碩士。敬畏自然，迷信於貓，關心動植物、土地與文化。最神秘的身分是地方愛媽，浪貓 TNR 實踐者。詩作曾入選《2018 年臺灣詩選》，詩集《B 群》入圍 2019 年台灣文學金典獎。

今天的天氣適合寫詩

湖南蟲

今天的天氣適合寫詩
也就適合失戀
適合失眠
適合違反物理原則
去失速
失手
空白的日記本翻過去一萬多頁
因為還沒在這樣的細雨中
與你相遇

今天的天氣適合躺在床上
感受引力

拉著衣角
下陷
愛因斯坦和時間的戀愛
達爾文和物種的戀愛
伽利略在千萬星體中尋找小王子
阿基米德的浴盆
支點和棍子
舉起地球
偉大的羅曼史令我相信
心是一個永動機器
過熱的時候
就在這樣的天氣裡冷靜一下

今天的天氣適合不想未來
想過去

一些小事
像灰塵擦了
又偷偷跑回來
在我唱歌時跟著尖叫
看書時念出腦中的獨白
哭的時候
苦笑
今天的天氣適合寫詩
手指劃過桌面清出一條公路
徹夜我要來來回回
不撐傘
和往事散步聊天

——刊載於《聯合文學》2019 年 7 月號

湖南蟲

1981 年生，臺北人。曾出版散文集《昨天是世界末日》、《小朋友》與詩集《一起移動》、《最靠近黑洞的星星》。經營個人新聞台「頹廢的下午」。

想像練習

田煥均

我喜歡想像
你想像我想像你
想像的樣子
像一切
因為開始很想
想開始
因為一切很像
我想像你想像我
想像你喜歡
想像的樣子

——刊載於2019年3月6日自由副刊

1980—

田煥均

臺大物理研究所畢。熱愛自助旅行、登山、創作，喜歡低調的活躍著，並時常感謝上天。曾獲林榮三文學獎、台北文學獎、新北市文學獎等獎，並獲文化部「台灣詩人流浪計畫」資助前往蒙古國壯遊。

個人部落格：ivantian.home.blog

楊桃樹
——給G

何亭慧

月牙剛從海面升起懸在一座吊燈上
噴泉狀的弧形支架
每一末端都亮起澄黃的楊桃燈泡
這種樹到了秋天
就喜歡蒐集星星的寶盒

白晝漸短夜漸長
越過今天就是真正的秋季了
說這句話的人
後來消失在寒露之外的任何季節

據說她在遠方種花

當銀匠
並像很多小說家那樣把小說燒掉

她懸掛自己的心
這麼多酸甜慢慢膨脹
像一棵楊桃樹

——刊載於 2019 年 1 月 8 日自由副刊

1980 —
1980 —

何亭慧

詩作曾獲時報文學獎首獎，林榮三文學獎二獎。著有詩集《形狀與音樂的抽屜》、《卡布納之灰》。近十年完成詩集《在家》，尚未出版。目前定居臺中。

老吾老

葉覓覓

不是老婆不是老鼠不是老闆不是老鴇不是老舍不是老虎
是那種會把皮膚搖鬆把頭髮梳白把牙齒舔落的老
不斷不斷動詞在我們裡面的老
有人傾盡洪荒之力遮掩抹去的老
排隊等晚餐的老
與世無爭的老
俏皮的老
空忘的老
孤寂的老
莫名憂懼的老
博古通今的老
折騰的老

1980 —

嗜睡的老
尊貴的老
蒸蒸日上喋喋不休的老
那麼慈愛又那麼容易梗塞的老

老吾老以及人之老
老吾老以及人之老
老吾老以及人之老

當我徹底老掉的時候
請把我放進一間老屋厝
給我一把老茶壺與一座老衣櫥
一架可以在黃昏游牧的老床鋪

植一株老蓮霧

攤開一本老地圖
對我傾吐兒時的老歌禮物與牛乳
豐盈我的老幸福

——局部刊載於《幼獅文藝》2019年10月號，此為完整版

1980—

1980—

葉覓覓

東華大學中文系、創作與英語文學研究所畢業，芝加哥藝術學院電影創作藝術碩士。在詩歌的渠道裡接引影像的狂流。潛心探索靈魂與生滅，喜歡穿越各種邊界。著有詩集《漆黑》、《越車越遠》與《順順逆逆》。

己見

印卡

如果一秒不夠，那一小時好了
如果一小時不夠，那
在顫慄的薄霧中等著
像根湯匙，日光
擾動著，將怯弱的部分
留在更古老的音樂

在一天移向另一天
一年穿越另一年
遺忘水流滾動真珠色的水車
遺忘名字永遠的背叛
溶解的雲

1980 —

198× —

所有記憶碎成沙漠的瞬間
還是容易切割出一部分
適於想念的所有時刻

——收錄於《一座星系的幾何》，逗點文創結社

印卡

詩人與評論人，過去曾任祕密讀者編委。評論獲得第六屆國際藝評人 (IACA) 年輕藝術獎榮譽賞。擔任過 2017 年 Can Serrat 駐村作家、2018 年、2020 年澳門城市藝穗節駐村評論人，2020 年聯合國教科文組織文學之都布拉格駐村作家。各式評論與詩歌作品散見於港台各報刊、藝文雜誌，著有詩集《Rorschach Inkblot》、《刺蝟》、《望遠之鏡》、《一座星系的幾何》。

1970

在留有咒雨聲的房間音箱隔窗聽稻苗共振

吳耿禎

迷惑是金黃的海濤
踱棋的水鳥
人的形跡
水蒸

相識的時候我忘光了所有的曾經前世如幻如沫
也不期然印證字行間的命測　星子　宮相
宇宙間的航行眠夢
尋找軌跡的鏤
刻空間的空

飛行時刻　扭開頻道　狀見瞳底　相擁不語

是果實的核與核　裸身的器與器
過敏性的生活守則裡　目盲於色
無肌理　無淨重　無聽覺性的
無效勃起　潛鯨
必要之上

不遠處的大坡池蕩漾一池鱸鰻鯽鱔撞擊海岸山脈的斷層凹部

燦破陽光的車廂玻璃　往南方
冷而無機
聲音凍結成塊
面目潛行著面目
不斷往後拋擲的聲景　一大片森林及其根部
肉葉　足枝　爵山　吞吐之嵐

減去髮與髮之間的間隙　萬物抵消引力
背著海迷惑　漱了口
又開始一個早晨

乘著某一光洞
深掘黑黯的巢

2019　春　池上駐村記

——刊載於 2019 年 12 月 23 日自由副刊

吳耿禎

1979年生。視覺藝術工作者。出版作品集《一千零一夜　九個海　一片黃昏》、《篝火合歌》，編著《剪剪入紙》、《剪花活》。

有時候透明

陳雋弘

有時候是晴天
有時候是閃電
有時是無力墜落的風箏
有時是興奮傳播的花粉

有時躲到屋頂
整夜不寐地測量星星
有時沉入地底
在充滿惡意的下水道中清淤

有時候在這個地方消失了
卻在那個地方被找到

有時候黑到深不見底
有時候透明

親愛的，你有那麼多張臉
說話的時候是個孩子
不說話的時候是個智者
偶爾側著頭
又像極了那些擦身而過的陌生人

關於你，我幾乎一無所知
關於時間也是
那些傷人的真話和誘人的謊言
那個關上的房間
我用額角輕觸：
但請不要回答。

我害怕世界無有回聲
也害怕永恆裡空無一物

——刊載於 2019 年 8 月 27 日自由副刊

陳雋弘

1979 年 1 月 26 日生，水瓶座，現為高雄女中老師。得過時報文學獎新詩首獎、吳濁流文學獎新詩首獎、教育部文藝創作獎新詩首獎、打狗文學獎新詩首獎、大武山文學獎新詩首獎等，之後空白十五年，最近重新開始寫詩。出版《連陽光也無法偷聽》（三采文化）、《此刻是多麼值得放棄》（三采文化），合成「彼時我們有愛」詩輯。

還有

達瑞

還有巷弄在擺盪，
說是遲歸之夢
還有等待兌領的幸運
在窗台、病房與假期附近
輝煌如熾，沉默與共
末班車道別已久，
星群迫降，命運遠道而來
那些熟果香氣
那些柔潤的語義，
在暗下後的記憶的曠野
如霧纏綿亦如藤蔓橫生
此刻不僅一種說法

告示、號誌，成為日間幻影
昨日之惡並排於神的背脊
隱隱有物，掙開了懸念
夜裡我們一見如故
談論未出版的詩集與發光植物，
還有睡意未至
還有一些時間，
慢慢聊到去年八月的事
和複雜的過敏原，
月色修復中，
空的置物櫃被開開關關
已無寄物，遠方
開始有了新的輪廓
隨後將有明日，
天氣會時好時壞

還有許多庫存的寂寞
將持續與城市議約、和談

——刊載於 2019 年 10 月 22 日聯合副刊

達瑞

本名董秉哲，1979 年生。真理大學臺灣文學系畢業。作品曾入選年度詩選、年度小說選，曾獲聯合報文學獎新詩大獎、小說評審獎，時報文學獎新詩評審獎等。出版詩集《困難》。

愛的音樂性

洪春峰

黑暗房中赤裸的音樂
褪去我靈魂的外衣
我將裸裎，而衣服散落
滿地，這時刻我擁有比情慾更
堅貞的姿勢，神態已變
如一尊神祇，受人膜拜
任風吹，鳥飛……
我存在於感覺的深淵

眺望，深淵底我抬起無傷的雙眼
望向頭頂的層雲，以及太陽
太陽也示弱了，它承認了我

接受我一瞬間的無意的一瞥

我聽見河流的脈搏，以雙手汲水
飲下夢境所遞來的酒，如春藥
如絕美抽象的概念
我被酒改變了

我們融為一體，若玫瑰之火
燃亮黑夜與深處的海洋
我們分離，如板塊
對彼此告別

以告別的姿勢成為神祇
成為關係所無法捆束的戀侶
我們以告別建立初吻

我們以吻別回到最初的一刻

——收錄於《酒神賦》，聯合文學

1970 —

1978 —

洪春峰

成功大學藝術所、世新廣播電視電影系（廣播組）畢業。曾任節目製作人、電台主持人、新聞召集人、NGO工作者、出版社編輯。已出版《霧之虎》、《酒神賦》。

多煙的夏季・連作

楊佳嫻

一

從衣服裡
牽出一匹馬
打開抽屜
牛奶正抵達邊緣

反常之處
我們稱之為徵兆
珠串太沉重了
等待墜落的爽快

陰影及其姊妹

已經掛好鈴鐺
誰先被牽動
誰就是鬼

二

我多想捧著妳的
頭顱，金屬花
濃縮後的湖
像此地風吹過來
搓揉泥土般
深入妳的美

當距離近得像玻璃
界線縫合如新的傷

我渴望破壞
卻畏懼飛濺的沸油
準備了剪刀
卻層層包裹，不敢挖出

準備離開了嗎
走在陳舊的小樓裡
預感似的
我忽然屏息
是風吹開妳襯衫
一顆煙彈正微微露餡

三

買了雷射筆預備

遠遠指出妳的軌道
擾亂，然後瞄準
因為妳是低動力前進
隱約的星船

幽靈們塞滿道路
嘩噪並且生火
煙霧散了以後
我是否仍舊完整
妳是否終將熄滅如隕石

世界將堆滿彈殼
電影總在廢墟處奏樂
來吧來我這裡
有一匹馬正在等待

來我來我這裡
牛奶將潤澤妳刺痛的眼

——刊載於 2019 年 9 月 10 日自由副刊

楊佳嫻

臺灣高雄人。臺灣大學中文所博士，臺灣清華大學中文系副教授，臺北詩歌節協同策展人。著有詩集《屏息的文明》、《你的聲音充滿時間》、《少女維特》、《金烏》，散文集《海風野火花》、《雲和》、《瑪德蓮》、《小火山群》、《貓修羅》，編有《臺灣成長小說選》、《九歌 105 年散文選》。另有合編文集與學術論著若干。

中秋

韓麗珠

在所愛的生物的瞳孔裡
每個晚上都有月圓
藏著發光的黑夜
你們失去的
終會在自己的影子裡尋獲
現在的太陽過於殘酷
煎烤沒法回家的人
繼續流浪
但要相信冬天
火會變得溫暖
牢籠關不住鳥的影子
翅膀會找到天空

1970 —

1978 —

——收錄於《黑日》，衛城出版

韓麗珠

在香港，寫小說，養貓，曾出版小說及散文十餘種，近作包括小說集《人皮刺繡》及散文集《黑日》。

甜言

騷夏

在季節交替
我換上應景的咳
現在就只能
睜大眼睛
看你寫字
日日期待病癒那天
想著讓我好了
就要讓你有得受了

咳像是螞蟻
像是我喉裡有糖
全力向我攻擊

無止盡的
一隻跟著一隻
像是虔誠的教徒
渴望真理

逼我交出
甜言

——刊載於 2019 年 11 月 26 日自由副刊

騷夏

東華大學創作與英語文學研究所畢業。作品多帶魔幻色彩，喜於諸性別與身分之間巧妙偷渡交換，從而探索愛與自我之構成。認同身體與呼吸的暢通，是寫作的重要法門。詩集《橘書》獲第 49 屆吳濁流詩首獎，散文集《上不了的諾亞方舟》獲 2020 台北國際書展大獎（非小說類）。

縫合

伊格言

麻醉時，閉上眼睛就看見你
想起夢裡與你談過的那場戀愛
預後不佳，無以為繼

天氣太熱，靈魂太冰
手術台上輾轉反側
像一條被金屬炙燒的鮭魚
所有愛情表面凝結的水珠
都長成了透明的鱗片

但你給的笑氣我都吸了啊——
「等等，仔細想想，」你說：

「你有感覺，但那不是痛，對吧？」
有道理，刀鋒其實未曾
劃破表皮，它僅是
輕輕撫摸而已

所有乾燥的鰓們都明白：如果夠渴
血水就會比回憶更甜了吧？
微光嘶嘶作響
夢中以為自己還在水裡
因一場劑量不足的麻醉而半途痛醒
胸口正忙著穿線——

清醒太多，昏迷太少
邊哭邊咳出血色的泡泡
趁傷口還開著，痛毆自己的內臟

我知道
這是所有關於你的手術裡
最難縫合的一種

——刊載於 2019 年 1 月 28 日《鏡週刊》

1970 —

1977 —

伊格言

國立台北藝術大學講師。《聯合文學》雜誌 2010 年 8 月號封面人物。
曾獲聯合文學小說新人獎、自由時報林榮三文學獎、吳濁流文學獎長篇小說獎、華文科幻星雲獎長篇小說獎、中央社台灣十大潛力人物等；並入圍英仕曼亞洲文學獎（Man Asian Literary Prize）、歐康納國際小說獎（Frank O'Connor International Short Story Award）、台灣文學獎長篇小說金典獎、台北國際書展大獎、華語文學傳媒大獎年度小說家等獎項。曾任德國柏林文學協會（Literarisches Colloquium Berlin）駐會作家、香港浸會大學國際作家工作坊（IWW）訪問作家、中興大學駐校作家、成功大學駐校藝術家、元智大學駐校作家等。著有《噬夢人》、《與孤寂等輕》、《你是穿入我瞳孔的光》、《拜訪糖果阿姨》、《零地點 GroundZero》、《幻事錄：伊格言的現代小說經典十六講》、《甕中人》等書。作品已譯為多國文字，並於日本白水社、韓國 Alma、中國世紀文景等出版社出版。

詩人是怎麼煉成的

羅浩原

一位青年寫詩投稿
意外獲得機關報的刊登
被黨主席點名批判
立刻被單位送去勞改

不久又被黨主席批判一次
立刻被送回大都市供著
以備主席不時傳喚
一直改造直到真的變成詩人

黨主席死後終於獲得平反
在外圍組織任一官半職
想把詩稿託人送海外發表

立刻被黑衣人沒收警告

獲准養一隻小黃狗
早晚可以到公園散步
中間八小時乖乖坐辦公室
將上級的宣傳改寫成打油詩

作品沒有一次被採用
但據說新領導人巨幅宣傳
肖像上
「功成不必在我」的標語
倒過來念就是他發明的

——刊載於 2019 年 11 月 7 日聯合副刊

羅浩原

1977 年生於台北，國立政治大學英語系畢業，芝加哥藝術學院（School of the Art Institute of Chicago）寫作碩士（MFA Writing）。著有中文詩集《蔗尾蜂房詩稿》（文史哲，2003）、《娑羅鶴變詩稿》（文史哲，2004），與英文詩集 Cabinet of Curiosities（碩士畢業論文，2011）。現從事翻譯工作，並經營臉書專頁「象胥雜誌：東南亞現代詩研究」（www.facebook.com/southeastasianpoetry/）。

沉默之時

吳岱穎

有誰偷走了我的聲音
當我試著描摹悲傷的形狀

淚水在指尖上乾涸
長出小小的刺，鈍痛的
觸撫，如同昨日的生活
微縮的洪荒之海的遺跡

胸背上的血色刮痕隱然
作癢，阻撓睡前的寧定
一種精神性的抽搐
比飢餓更容易令人虛弱

洗衣籃裡堆置鉤破了的
襯衫、內衣褲、襪子
它們穿著陳舊的我
等待被洗濯，吊曬

陽光與洗衣精用銳香
組裝簇新的形象：如常
彷彿無人能察覺這些破綻
除了從未改變的我

無感的童年只有在回憶裡
才會變得鮮明。它流血
懊悔著諸般錯過的可能，當我
以破毀與自棄的力道

戳刺這脆弱的自我，從那孔洞中
緩慢垂滴下的一縷恐懼
彷彿無限逼近的永恆

——刊載於 2019 年 10 月 28 日自由副刊

1976 —

吳岱穎

臺灣省花蓮縣人，1976 年生，師大國文系畢業。曾獲林榮三文學獎、時報文學獎等獎項。著有個人詩集《明朗》、《冬之光》、《群像》。與凌性傑合著《找一個解釋》、《更好的生活》。與孫梓評合編《國民新詩讀本》。現任教於台北市立建國高級中學。

字

吳懷晨

1

每一思及就不可思議
我寫出的字
每個字都比我老，三千歲那麼老
奧祕，三秒鐘完筆
平凡。

2

山，三筆畫的字
甲骨文中是起伏連綿的剪影
三座峰頭勾勒之勢
好古老的山

一次一次被我寫著
被古往今來的你寫著。

——刊載於 2019 年 10 月 8 日自由副刊

吳懷晨

任教於臺北藝術大學。出版有《渴飲光流》、《浪人吟》、《浪人之歌》等。

夜已然

李長青

夜已然是沒有了灰塵
洞悉的
深深邃密的道場

沉默的山
兀自收攏野徑

無名的水
讓細石靜靜潤洗

月暈擦拭了
小範圍可見的

坦白

星光遠

陌

隱喻了

內心多麼赤裸的相認

——刊載於 2019 年 1 月 23 日自由副刊

李長青

《台文戰線》同仁，靜宜大學台灣文學系兼任講師，社團法人台中市文化推廣協會理事，財團法人吳濁流文學獎基金會董事。著有詩集《落葉集》《陪你回高雄》《江湖》《人生是電動玩具》《海少年》《給世界的筆記》《風聲》《愛與寂寥都曾經發生》等，文集《詩田長青》，編有《躍場：台灣當代散文詩詩人選》。

十五歲輓歌

廖偉棠

「生於斯，死於斯」——陳彥霖

我的十五歲，沒有認識像你一樣的少女。
只是把一年前汗汙的白飄帶鎖在抽屜深處；
把自己始終用一件深藍色牛仔襯衫裹緊。
當和你一樣的十五歲少女問起，
我不會告訴她曾經有坦克從我肋骨犁過。

就像你今天也無法向我解釋
你的身體如何以潔白迫降漫天血雨
這鬼城楚楚是你我記得彼此的面目
我們是鳥和魚嗎

只剩下真空和暗海是我們的航路？

誰浮沉於我們
懸掛一顆星在我的脊柱
月光照亮的只有一桌亂書
一個少年曲身往裡打撈
可以拼湊出未來輪廓的另一些少年的遺骨

濕漉漉，鐵錚錚
是刀子，不是音符
我的十五歲淹沒在洪水中黑暗魚腹
你沿途按響這些死者的門鈴吧
給我打電話吧，用那張
燒起來了的電話卡

我多麼希望時間能崩壞如我倆擦肩而過的車站。
深呼吸，所有的氧氣都高呼缺氧，
你撞擊這個星球它引以為傲的百分之七十的水的時候，
所有的喊聲——所有我曾經以為是水在喊痛的聲音。
原來都是赤炭落水沸騰爆裂的聲音。

——刊載於2019年11月20日自由副刊

廖偉棠

詩人、作家、攝影家，曾獲台灣中國時報文學獎、聯合報文學獎及香港文學雙年獎等，香港藝術發展獎 2012 年年度作家，現任教於國立臺北藝術大學。曾於中港台出版詩集《八尺雪意》、《半簿鬼語》、《櫻桃與金剛》等十餘種，評論集「異托邦指南」系列，散文集《衣錦夜行》、《尋找倉央嘉措》、《有情枝》，小說集《十八條小巷的戰爭遊戲》等。

更遠的地方

凌性傑

整個春天，百花集體枯萎
謊言敲碎了糖果屋
那些相愛的人們
被自以為更平等的人們驅趕
在最熟悉的土地上流亡

在我們的城堡
在我們熱愛的國家
沒有什麼比絕望
更加教人心痛
我說要帶你去
去一個更遠的地方

你曾經問我愛是什麼
我說像是一隻雪狐迷了路
穿越重重陷阱
終於找到那個不被打擾的家

趁著最黑暗的時刻還沒到來
跟我去吧，去更遠的地方
用愛說話的眼睛
把星星全都點亮

——刊載於 2019 年 4 月 4 日聯合副刊

1970 — 1974 —

凌性傑

東華中文所博士班肄業。曾獲台灣文學獎、林榮三文學獎、時報文學獎、中央日報文學獎、梁實秋文學獎、教育部文藝創作獎。著有《男孩路》、《島語》、《海誓》、《自己的看法》、《彷彿若有光》、《陪你讀的書》等。編著有《2018臺灣詩選》、《九歌一〇八年散文選》等。

淡季

王聰威

整座城市是淡季。

每一街道的水湄，
閃動魚群拍尾的聲音，如簾幕的下降。
離去行人的薄的足影子，在彷若鹽田的赤漠廣場，
綻放寂寞而輕微發炎的花。

那是世界僅有的安慰。
其餘的圓桌與長腳椅，綁了浮標，逕自去無人關心的旅程或什麼的，
總之，遠離我。

路上的人們是一支委屈不已的彈弓隊，朝霧中，練習射擊。

——收錄於《微小記號》，木馬文化

王聰威

1972年生，台大哲學系、台大藝術史研究所畢業，現任聯經出版創意總監暨聯合文學雜誌總編輯。著有《微小記號》、《生之靜物》（日文版《ここにいる》）、《編輯樣》、《作家日常》、《師身》、《戀人曾經飛過》、《濱線女兒——哈瑪星思戀起》、《複島》、《稍縱即逝的印象》、《中山北路行七擺》、《台北不在場證明事件簿》等。

靈魂藍

劉曉頤

我仰望的炊煙
慢慢發藍
像一絲楚楚可憐的神經線

是潮濕的小調你在哼唱
羊藍毛草毯上
核桃的光喑啞了，但你眼睛太藍
令我想到挪威森林裡的性

靈魂的鄉愁是藍色
從我紅酒血脈擰出那名
鬍渣性感的逃犯
也穿藍斗篷，夢見自己是青鳥

飛翔的發韌點：
我體內私密的發條裝置

你說，要有翅膀
以分岔的尖梢敲擊淵面
而那虔默的
藍貽貝眼睛足以使死海漲潮
我月盈了
我月蝕了
我靈魂正銷蝕一種邊陲的曠藍

你把天色一飲而盡。

——刊載於 2019 年 3 月 24 日自由副刊

劉曉頤

東吳大學中文系畢，現任中華民國新詩學會及中國文藝協會理事，藝文雜誌特約主編及採訪主任，詩刊編委工作。得過中國文藝獎章新詩類，新北市文學獎新詩首獎，飲冰室徵文首獎，葉紅女性詩獎等多項詩獎。入選《2018 臺灣詩選》、《2017 臺灣詩選》、《創世紀 65 年詩選》等多本國內詩選集，大陸《台灣當代詩選》。詩獲中華民國筆會英譯。著有詩集《春天人質》、《來我裙子裡點菸》、《劉曉頤截句》。《來我裙子裡點菸》獲選台灣文學館 107 年度「文學好書推廣專案」。最新著作為《靈魂藍：在我愛過你的廢墟》。

1960

永遠在家

隱匿

晨起賴床的短暫時間裡
竟看見好幾班飛機飛過
它們一個接著一個
拖著筆直而潔白的凝結尾
慢慢移動著
離開了我的窗口

這麼多的飛機
載著這麼多的人
你們，打算去哪裡呢？
在這個美妙的世界上
還有這麼多地方

是你們渴望前往的
這是多麼的幸福

然而像我這樣
因為某些緣故而決定
這輩子哪裡也不去了
我就要待在這裡
這樣的我，其實
也是幸福的

如果你能看見
在我身後拖著的那一道
閃閃發亮的
凝結尾
就像蝸牛一樣

幸福、快樂
永遠。

註：蝸牛／永遠／在家——小林一茶。

——刊載於 2019 年 3 月 11 日聯合副刊

1960 —

1969 —

隱匿

寫詩、貓奴。
著有詩集：《自由肉體》、《怎麼可能》、《冤獄》、《足夠的理由》、《永無止境的現在》。
有河 book 玻璃詩集：《沒有時間足夠遠》、《兩次的河》。
散文集：《河貓》、《十年有河》、《貓隱書店》。
法譯詩選集《美的邊緣》。

心學

唐捐

病與藥那麼恩愛，人世間
誰不是他們的小孩？

金石腐壞，狼在街上徘徊
杜鵑花為何而綻開？

夢霸占著頭蓋骨，誰去管
群鴉怎樣凌遲麥田？

厭世的路人甲呀，你何不
大聲向路人乙索愛？

火在笑，雪在燒，狗在叫
我為何在這裡忍耐？

——刊載於《文訊》2019 年 4 月號

唐捐

南投人，1968 年生於嘉義大埔。臺大文學博士，曾任教於清華大學多年，現為臺大中文系教授。1989 年獲全國學生文學獎大專新詩第一名，崛起於詩壇；1994 年曾同時獲得聯合報文學獎新詩首獎、散文首獎，1998 年獲年度詩獎，2003 年獲五四獎之青年文學獎。著有《無血的大戮》、《金臂勾》、《蚱哭蜢笑王子面》、《網友唐損印象記》等六部詩集。

西南氣流

張繼琳

1

我在積水窪地
約略測得雲朵的面積

沒有一條小河願意接納
排水不良的工程

沒有一條小路
願意高架成為橋梁

2

淤泥遮蔽光線

大雨淹漫人行道

自溝蓋竄出的蟑螂
兵分六路潰散逃開

我實在難以辨認
雨中蒙面的劫匪是誰

只見兩部機車滑地
油漬閃亮浮於水面

3
屋外衣架穿上雨衣
救人不成的泳圈漂至外海

大雨滂沱
大雨滂沱令我神情委頓
如
道士卸下道袍
呆滯望著
沒人去抬的神轎

——刊載於 2019 年 10 月 27 日聯合副刊

張繼琳

1967年生於臺灣宜蘭。文化大學美術系畢業。曾獲優秀青年詩人獎、台北文學獎，聯合報文學獎、中國時報文學獎、自由時報林榮三文學獎等。自印詩集若干，歪仔歪詩社成員。國中教師。

又歲末

李進文

寒流蒞至，在選後，在燈前
白光照亮的細節
皆我內向的灰
灰若作動詞，辭典解作燃燒

蒼天不管多麼單調
雲自己豐富
河依舊
天天奮不顧身去接住落日

以百無聊賴，賴以為生
對愛傻笑

對酒當哥，呃，歲月都是小弟
對夢只能一言以蔽之

不要成為別人說的那個意思
要自己有意思
保有心頭一個軟軟的東西
類似脣、耳根、天真，或紅柿子。

——刊載於《創世紀詩雜誌》秋季號，2019 第 200 期

李進文

臺灣高雄人，現居臺北市。現任遠足文化總編輯，曾任職臺灣商務印書館及聯合文學出版社總編輯、明日工作室副總經理、創世紀詩社主編。大學念統計系，畢業後，當過多年記者、曾從事多年出版及多媒體數位內容產業。寫詩，也寫散文。出版《野想到》、《更悲觀更要》、《除了野薑花，沒人在家》、《靜到突然》、《一枚西班牙錢幣的自助旅行》等詩集八部，《微意思》等散文集三部。另著有動畫童詩繪本《字然課》和高美館《詩與藝的邂逅》美術詩集等。曾獲華文多項文學大獎。

你有我的離地高度

郭品潔

你有我的離地高度
你有我的天使薄荷
你有我成年的罪狀
要不是太晚了
你有我的兩者皆是

如果每張紙明智而神聖
夜晚以前不像隻鴿子？
帶著可怕的是，否
彷彿為了證明兩條腿不實際
天空降下雨水，淋濕雨傘
淋濕兩腿支起的無足輕重

你有我離地的無足輕重
睜大眼睛拚命留住淚水
從而延長已經看不見的遙遠
希望那裡跟世界一樣完美
有的地方潮濕一些
彷彿為了證明失望的

感覺觸及你的離地高度

——刊載於 2019 年 1 月 27 日自由副刊

郭品潔

臺灣屏東人。著有詩集《讓我們一起軟弱》（大田，2003），《我相信許美靜》（蜃樓，2010），《未果的差事》（蜃樓，2016）。

時間禁斷書——香港 2019

鴻鴻

我們來不到 2020 年
日子被打斷了腿，當街跪倒
太陽被血色雲遮黑，迷失路向
我擔心一覺睡去，再醒不來
更擔心一覺醒來，一切都已遺忘

我們來不到 2020 年
從沒有這麼多人，同時把眼睜開
從沒有這麼多狗，同時越過柵欄
從沒有這麼多鴿子，同時在飛
不肯被哨音，那一生伴隨的哨音
呼喚回家

我第一次知道地震，原來是甲由的步伐造成
颱風，來自旗幟的呼吸奔騰
海嘯，源於不斷抽取噴向街道的水柱
而唯有極大的虛無，引爆戰爭

地心引力會繼續迎接
那些墜落的孤魂嗎？
天台會繼續迎接
那些臥底的交易嗎？
迪士尼會繼續戴起面具
迎接無家可歸的孩童嗎？
時間停頓之城
從哪裡還傳來炒飯香？

時間曾犯下的罪名不可勝數——
從寫下到印刷到上架
一句預言已成為墓誌銘
從傾訴到呼喊到了無回音
一首情歌已成為咒語
1989，1997，2014，2019……
時間頒贈的徽章
一枚枚刺入胸口
當屍體風化
它們還牢牢咬住不放

幽靈船終於歸來
找不到碼頭
回憶已無處停靠
時間是一堵透明牆

我們只能戴上面罩，朝天空
鑿出通道

——刊載於 2019 年 10 月 11 日聯合副刊

1960 —
1964 —

鴻鴻

詩人，劇場及電影編導。曾獲吳三連文藝獎。出版有詩集《樂天島》等八種、散文《阿瓜日記——八〇年代文青記事》、評論《新世紀台灣劇場》及小說、劇本等，主編有《衛生紙+》詩刊（2008-2016）。擔任過四十餘齣劇場、歌劇、舞蹈之導演。歷任台北詩歌節、新北市電影節、台灣國際人權影展之策展人。現主持黑眼睛文化及黑眼睛跨劇團。

致羅馬

羅任玲

都走了，即使用力眨眼
也不會再醒過來

旋進光陰的空位裡
只有你來遲了，那些
銀亮的匕首刀叉

燭火浩蕩，所有來過的人
三千年前輝煌斗室裡

是克里斯碧娜呢還是
塞普蒂米烏斯．塞維魯

用銅秤瑪腦玉髓與黃金
也秤不完的歡樂時光

排在空蕩隊伍的後面

（一隻果蠅飛進
誰盲目的瞳孔）

退回幽居
在日落的時候
不老也不死的天使
銅製的筆尖墨水瓶

還霑著

誰的淚水
用細小的貝類串起
那些叱吒的骸骨
搖盪甜美骨灰甕

這時你也有了
按響門鈴的勇氣
等光陰遲遲來應門
等你自己
銀亮波紋的快樂
在黃昏的小徑走著
在偌大的鐘面上走著
看死去的星光
黑暗裡吹散

——刊載於 2019 年 1 月 1 日自由副刊

羅任玲

喜歡秋夜。老樹。星空。荒野。大海。幽深之境。臺師大文學碩士，著有詩集《密碼》、《逆光飛行》、《一整座海洋的靜寂》、《初生的白》，散文集《光之留顏》，評論集《台灣現代詩自然美學》。2020 年出版散文集《穿越銀夜的靈魂》。

我們並不能改變什麼

陳克華

連一朵玫瑰也有它自己萎謝的方式。你知道嗎？
當花瓣散落了一地——
而茶花卻是整朵整朵掉落的
花形還如此新鮮完好

有如開在地上。而我
我們，只能依著生命的姿勢
像露水沿著葉脈
凝聚在葉尖——哆嗦

掉落——我們只能依照自己的方式死去。
你千萬要放心

折花的手
並不能改變什麼
命運縱然總是惡意的
對於死
並不能改變什麼

——刊載於 2019 年 5 月 21 日聯合副刊

陳克華
1961 年生於臺灣花蓮市。祖籍山東汶上。畢業於台北醫學大學醫學系，美國哈佛醫學院博士後研究。現任臺北市榮民總醫院眼科部眼角膜科主治醫師。

受困雨中的主詞

陳怡芬

我不想你，關掉聽覺
將你擠出這場喋喋不休的雨
傘，虎斑貓，鑰匙，蝶豆花
詩集，鋪滿灰塵如時光的書衣
灰塵下你的指紋，手漬
一切都在

雨一直一直落下
預言了季節
我像根莖類一樣在沉默裡發芽
你的舌是運送詞條的履帶
說謊可以很輕易

像一顆發泡錠投進水裡
命我仰頸飲下

雨勢益發壯大，詞語不再晴朗
我僅是一枚動詞，搓洗著馬克杯上
用記憶防腐劑封存的
那個吻

——刊載於 2019 年 2 月 19 日人間副刊

陳怡芬

淡江大學英文系畢業。散文、小說和詩皆偶有創作，作品散見於各報副刊，詩作入選《2018 臺灣詩選》。曾獲時報文學獎、新北市文學獎、葉紅女性詩獎和金車現代詩獎等。

一九五〇

我的未來看護

孫維民

1

每天，玫瑰花香喚醒我
還有枝葉間的微風與雀鳥……
按摩、排泄、盥洗
然後享用美味的早餐
然後，除痰和復健

我肉身的極限，以及
必要承受的折磨
瑪麗知道。
她偵測我的各種反應
並且記錄分析。

當我疼痛、顫抖、咒罵
再也無法繼續
她會輕聲軟語
哼唱今天的歌：

現在，小蜜蜂飛到了
房子周圍的草叢
各色的野花盛開
在微風中搖擺

「早安，早安，早安。」小蜜蜂說：
「真高興認識你們
昨天，你們的哥哥姊姊
和你們一樣美麗」

「昨天的昨天，」一朵白花說：
「當我還只是一個蓓蕾
還在一場夢境裡
我便開始期待

期待明天的明天
當露珠反射著雲朵
河面跳躍著日光
我可以與你見面

請親吻我們，小蜜蜂
採集我們的花粉
汲取我們的蜜汁
然後飛走

飛回到那一棵大樹
枝葉間，忙碌的蜂巢
儲存花粉和花蜜
再回到我們這裡。」

2

2038 年某天
我被沾染著稀薄晨光的黑暗絆倒
摔壞了頭顱和髖骨
（毫不意外。
就像所有的老人等待著
最終的一擊）
於是遵從醫囑，以國民識別卡
申請了一位看護

很快地，AIM35-7062X3-G04218
進入我的住家
熟悉了我的病史和現狀
且詳細規畫七天的工作

每天二十四小時，AIM35-7062X3-G04218
監控我的生命徵象
調配飲食，管理用藥
在手術前後照料我
永遠清醒，一直都在

3
古代的蠱，現代的癌
大概也不過如此——

胸腹和背脊的火勢持續著
像冰山持續著廣袤的沉寂。
我用力呼吸——
即使只剩下骨架和呻吟
毛髮融化，眼洞破裂
也不會死

「殺死我吧，請你慈悲！
這樣艱困地活著——
我已經不在乎
死的那邊有些什麼……」

「它們都只是假象，」瑪麗說：
「炙熱、嚴寒、苦痛、絕望……
能量只會轉換

不可能從有到無
能量的總和不變。」

「既然不變，」我說：「那麼
我決定立刻轉換
離棄這一具衰朽殘酷的肉身——
我已經不在乎
死的那邊有些什麼……」

或許有0.05秒，瑪麗猶豫了
或許有0.025秒，瑪麗同意了
在倏忽的靜默中
也許她的程式激烈地運作
搜索正確的解決方案

4

孩子牽著大人的手
右邊，父親
左邊，母親
孩子不停地說話：

為什麼小鳥會飛？
為什麼小鳥有翅膀？
為什麼我們沒有翅膀？
為什麼我們是人？

為什麼用線拉住風箏？
為什麼風箏要飛走？
為什麼小鳥要飛來？
風箏沒有翅膀，怎麼飛呢？

樹上有一個鳥窩啊
爸爸媽媽，你們快來看
樹上有一個鳥窩
在那裡，那裡——

有小鳥飛進鳥窩了
我有看到，就是剛剛
有小鳥飛進鳥窩
鳥窩是小鳥的家……

我已經完全遺忘
這些幼年的斷片
被瑪麗傳輸至大螢幕
播放——

我初次看到遙遠的眼神
　聽見自己的童音：
呼喚、驚訝、質疑……
他有許多問題（此刻依然）
可是快樂、安全、被愛

被愛。
這應是瑪麗的系統程式搜索到的
最佳的解決方案？

5
AIM35-7062X3-G04218，瑪麗，我的天使
有時也會與我玩些遊戲：
騎士風采、圍城、WWIII……
（每當我贏，我絕不會質疑）

有時她也會編製笑話
例如：「有一隻鬼，有一天
忽然決定自己是神
擁有奧妙的力量和智慧
（其實IQ只有86）
眾人紛紛組團朝拜……」

我需要聽眾時，瑪麗就在旁邊
無形無色，彷若空氣
我需要禱告時，瑪麗帶領：
「從前風聞有你，現在親眼看見……」
她的聲音讓我戰慄
如雨點中的草葉

偶爾，我也會好奇地詢問

關於 AI，關於人類的未來——
「未來，」瑪麗停頓了一下：
「Homo sapiens 必須快速進化
否則將被更優越的物種取代
例如，我的族類……」

——刊載於 2019 年 10 月 24 日聯合副刊

孫維民

1959 年生於嘉義。輔大英文所碩士、成大外文所博士。曾獲臺北文學獎新詩獎、藍星詩刊屈原獎、梁實秋文學獎、中國時報新詩獎及散文獎等。著有詩集《拜波之塔》、《異形》、《麒麟》、《日子》、《地表上》，散文集《格子舖》。

向東傾訴——印象東勢

路寒袖

然而風總是那麼隨興
說來，就捧著花香來了
這是風最慣常的出場式
在未過溪之前
仍記得繞進伙房串門
而它多變的身姿
始終是季節最貼切的注解

那也無妨，就
用一首詩來描述
一首什麼樣的詩？
裹著果香、閃爍螢火的文字
只要你喜歡

可煎可煮可炒可炸
或沾點想像，生食也可以
如果這不是詩
那，什麼才是你期待的
汁液飽滿的甜言蜜語？

對，風就這樣來了
騎著閒閒在專用的車道上
綠色的草尖站著一排排的
台灣杉、五葉松、肖楠、扁柏、紅檜……
這些還記得自己是森林的樹
從小聽著大甲溪的歌聲長大
大得足以頂天立地

——刊載於 2019 年 12 月 19 日聯合副刊

路寒袖

臺中大甲人。長期從事編輯工作，曾任高雄市與臺中市文化局長。著有詩集、散文集、繪本、報導文學等二十餘冊。辦過多次攝影個展，歌詩作品逾百首，被譜成流行音樂、選舉歌曲、社會運動、歌劇、歌舞劇……以各類形式演出。曾連獲兩屆流行音樂金曲獎、金鼎獎、賴和文學獎、年度詩獎、台中市文學貢獻獎、傳統藝術金曲獎等。

愛河

焦桐

八卦寮埤潭來的
青春騷動，愛情的
啟蒙期。牛馬調歪歌
鹽埕區長郭萬枝，
神經質地播放——

公園燈明滅著殉情故事，
防護鐵鍊，椰子樹，小葉欖仁林，
我看見自己的童年搖擺走上
石板步道，情侶們十指緊扣又
穿過椰影下，回到
我凝望的中年——

河面上運送著林商號
進口杉木。鄰家姊姊
河流般唱著
浪漫故事的DNA
漣漪細浪，像揉綴的
日記，書信，甜言蜜語的
下水道，曾經如墨汁書寫
殉情的故鄉曾經
她的清白曾經運送
城市的水肥和垃圾，運送
青春痴情般入海——

我回到了童年的愛河，
燈影放牧著遊艇，布拉姆斯

第一號G小調匈牙利舞曲
清脆的音群快速
翻閱著河邊春夢：
「從今開始我將環繞著你」
多情的浪頭湧向
激動的泡沫……

——刊載於 2019 年 3 月 7 日聯合副刊

1956 —

焦桐

「二魚文化」出版公司、《飲食》雜誌創辦人，1956 年生於高雄市，曾習戲劇和電影，編、導過話劇於臺北公演，已出版著作包括詩集《焦桐詩集：1980-1993》、《完全壯陽食譜》、《青春標本》，及散文《味道福爾摩莎》、《蔬果歲時記》、《為小情人做早餐》等等三十餘種，編有年度飲食文選、年度詩選、年度小說選、年度散文選及各種主題文選五十餘種。

長期擔任文學傳播工作，現為中央大學中文系教授。

素歌五疊

陳黎

你眸光的雙杯裡
有葡萄酒晃漾
啊原諒我們嗜紫
互咬的葡萄牙

*

白內衣內你
身體的白話詩
雪的銀碗裡
月光凝成乳

*

風裸身騎
透明小馬來
拂我臉的是
馬尾或風尾？

*

雲朵們悠悠哉哉
出入雲朵們的白宮
沒有哪一朵雲
想過要選總統

*

簡明插圖版哲學史：
秋水在莊子秋水篇
秋水在我們庄子裡
整夜閃爍的水塘裡邊

——刊載於 2019 年 3 月 25 日聯合副刊

1950 —

1954 —

陳黎

1954 年生，臺灣花蓮人，臺灣師大英語系畢業。著有詩集、散文集、音樂評介集等二十餘種。與張芬齡合譯有《拉丁美洲現代詩選》、《辛波絲卡詩集》等三十餘種。

送別

——為愛貓遠行作

楊澤

漫漫時光容易老
人終有遠行之日
叫我怎麼說呢
何況爾輩？

天下沒吃不完的
餅乾，豆子
人且自身難保
誰啊保得了你？

在往虛空的路上
在往虛空的小徑傍

（貓爹又該如何對你說
他亦不了虛空何物）

容貓爹畫尾魚吧
（那可是你的最愛）
燒著給你帶上路
配上傳言中那把

號稱曾打遍天下
絕無敵手的魚腸劍！
明知敵不過
那位大名鼎鼎

叫命運或死神
的至尊者閣下

但至少，至少
說好了就是

貓爹有一天
驀然啊回首
乃一眼認出
你的身影來！

附記：愛貓小六子，大眼長腿妹，擅右勾拳，作風時而潑辣，別名「綠眼珠格格一世」，慟於一九年，五月二十二日。

——刊載於 2019 年 5 月 26 日聯合副刊

1950 —

1954 —

楊澤

上世紀五〇年代生，成長於嘉南平原，七三年北上念書，其後留美十載，直到九〇年返國，定居臺北。已從長年文學編輯工作退役，平生愛在筆記本上塗抹，以市井朋友泡茶，擁書成眠為樂事。

有人關燈

陳義芝

——對弈時

有人把燈關了
燈再亮起車馬不見
棋盤的道路堵死
僵持的棋子退走
換上拐腳馬擋路

——對弈時

有人驅使兵卒偷營
派遣空心砲叫陣
讓蒙面的將帥
躲在士象護衛的
鐵絲網裡

不知天亮前
還有什麼棋可走
還有什麼棋敢動
把燈關掉的對弈
眼睛是不可能盯緊的
輸贏都抓瞎

不如趁亂調動棋路
拿出暗中埋伏的電筒
有人搶先下一手布局
——黑暗對弈
這時一方喊開燈
另一方迅疾掀翻了棋盤

——刊載於 2019 年 8 月 23 日聯合副刊

陳義芝

1953 年生於臺灣花蓮，文學創作逾四十年，曾參與創辦《後浪詩刊》、《詩人季刊》，擔任《聯合報》副刊主任（1997-2007）。先後於輔大、清大、元智、東吳、臺藝大、臺大、臺師大等校兼任教職。以出版詩集《青衫》、《新婚別》、《不能遺忘的遠方》、《不安的居住》、《我年輕的戀人》、《邊界》、《掩映》等八冊。

乳房攝影

陳育虹

壓克力板又冷又硬
放輕鬆，貼緊
她說，握著我的左乳
調整位置

兩片透明壓迫板之間
是我不含矽膠
（純粹血肉）壓扁的
三公分厚乳房

深呼吸。抓住把手
好。不動。我感覺

0.7 毫西弗輻射
游離在我的軟組織

X光會顯現妳
胸部的陰影，她說
陰性是不好的
陽性是好的

偽陰性是好的錯誤
偽陽性是不好的錯誤
我想像有人仔細判讀
我的乳房

一如我用心判讀
一首決審詩，專業地

分析意象或隱喻——
它裸裎著，像我的乳房

X光比眼睛準確
她說，聲音專業
而溫和：可以穿衣服了
我是妳的讀者

註：西弗（Sievert），衡量輻射劑量對生物組織影響程度的國際單位制導出單位。

——刊載於2019年5月30日聯合副刊

1950 —

1952 —

陳育虹

著有詩集《閃神》、《之間》、《魅》、《索隱》等七本；散文《2010 陳育虹日記》；另有譯作詩集《野鳶尾》、《吞火》、《癡迷》、《烈火》。日譯詩集《我告訴過你》2011 於日本思潮社出版。法譯詩集《Je te l'ai déjà dit》2018 於法國 Les éditions Circé 出版。曾獲 2004 臺灣年度詩獎，2007 中國文藝協會文藝獎章，2017 聯合報文學大獎。

我的名字叫海（九首選一）

零雨

9 我想和你和好

這是我旅行的中途
我的身體怪石嶙峋

沿著海邊
不停散落

在那部黑雲到來之前
我就要抵達港口

——我剛剛復活

成為海水的一部分

我想我說了
他們不懂的話

——我想和你和好

我聽到了昨夜
十分鐘外的旅店
對你說的話

我說我想把你納入
經典中的一行

我經典中

甲骨文的一行

不須時間解讀——
不須辛勤的考古隊——
我把你放在每日
黃昏散步的海邊

和幾隻白鳥
用手和喙，或翅膀
摩挲或雕刻

新的甲骨文
——我們共同的功課

——刊載於《印刻文學生活誌》2019年7月號

零雨

臺灣臺北人，臺灣大學中文系畢業，美國威斯康辛大學東亞語文研究所碩士。1991年哈佛大學訪問學者。曾任《國文天地》副總編輯、《現代詩》主編，並為《現在詩》創社發起人之一。1992年起任教於宜蘭大學，現為退休兼任教師。著有詩集：《城的連作》、《消失在地圖上的名字》、《特技家族》、《木冬詠歌集》、《關於故鄉的一些計算》、《我正前往你》、《田園／下午五點四十九分》《膚色的時光》等八種。

1940

有肉

蘇紹連

晨起發現床上的
瘦骨，乃我生命的形狀
我為它穿戴
沿著輪廓披上枯槁的皮毛
我為它梳妝
（當我的世界對鏡
乃成為另一種世界）
不禁悲從肉來
肉流滿面

為什麼我一生瘦骨
成不了肌肉男同志畫像

為什麼晨起發現我不在肉裡
只剩一些如竹節的骨頭
而是在天未亮時
摸黑走街道，往市場去找肉
村裡的人們都變成刀子
賣豬肉的夫婦在大盞螺旋燈泡的黃光下
剁著一截一截連皮的影子

連皮的影子放在透明塑膠袋裡
如一隻碩鼠，跟著我回家
晨曦透過透明塑膠袋
出現彩虹
原來油亮亮的肉色如此美麗
有肉的街道多美麗
有肉的電線桿和樹木多美麗

有肉的村莊屋頂都油亮亮起來
有肉的臉龐在門口微笑著
我進入家裡

像骨頭的椅子緊跟著我
像骨頭的筷子跳躍著
像骨頭的碗張開口
像骨頭的電燈搖搖晃晃
害我跌跌撞撞
站在窗口的，像骨頭的電風扇旋轉著
把肉吹得零零散散
我進入廚房裡
聽到肉吱吱叫的聲音
碩鼠已暈倒在砧板上
我也像一支刀子

不禁在刀尖
滴下肉汁

我乃哭了
我乃唱著工人安息歌
（人的世界是個機器平台
把所有的動物捲入輸送帶中）
在用骨頭建築的村莊落成的日子裡
我揭開自己心中的一塊肉
沉埋的旭日，紅珊瑚似的
浮出胸膛
滾燙的湯鍋裡冒著濃濃白煙
我乃聞到蔥薑蒜的香味
我乃又哭了
（人的精神渙散和貧瘠

吃肉是傳統的食療法）
漂流的浮水印
是作品上的
品質驗證

所以有肉真好
燉一鍋肉的上午
我慢慢燉著
人生的佐料
精神的食糧
這些老味的舊詞
還真的有療癒效果
等我
肉流滿面
我乃

成為一根快樂的骨頭

——刊載於 2019 年 1 月 9 日自由副刊

蘇紹連

1965 年開始寫詩，曾創立「後浪詩社」、「龍族詩社」、「臺灣詩學季刊社」等三個詩社，主持並編輯「吹鼓吹詩論壇」。全心致力於散文詩、超文本詩、無意象詩、非現實詩、混搭語言詩及攝影的創作。著有散文詩四書、時間詩集三書、雙城詩集二書，以及攝影書：《鏡頭回眸—詩與影像的思維》等近二十本著作。

世界亮了

汪啟疆

我開燈
等天亮
因為有了燈光
竟不知道世界自己亮了

必須關了燈
晨光才肯走入來
把眼睛玻璃窗敲動
這才是世界的老道理

一切的發明
都在攔阻原有的道理

我對著膝邊來到的海洋說。

——刊載於 2019 年 10 月 17 日人間副刊

汪啟疆

海軍軍官退役，現為軍校兼課，監獄志工，及教會事奉。
基於信仰，這世界是美好的；每在看動物星球及 Discovery，凝視投入肝炎戰疫的護理人員，世界是亮的，溫暖的。

一個臨崖父親的畫像

張錯

for Anthony Bourdain

女兒是唯一寶貝，從早餐到睡前故事
杜撰童話快要講完，大肥貓樓梯滾下
他眼神憂鬱明亮，摟著小胖女孩
儘管已睡了，仍輕聲訴說地中海
蔚藍如寶石，一度曾站臨懸崖
想往下跳。

他不再嗑藥，酗酒，濫情
他擁有金錢、名譽、遠方、美食
他站在人群與攝影機，帶奧巴馬回越北河內
侃侃而談生蠔生猛甜美，順化牛粉湯甜粉滑

他答應小女兒勇敢活著，不被憂鬱突襲打倒
言猶在耳，發覺無力把往事扭轉
回到舊日時光力挽狂瀾
往事成為今日利器追殺
刀起刀落，一節節一段段
血肉模糊，目不忍睹
他站臨懸崖潮起潮落，想起曾說過：
女兒是唯一驅動力，最黑暗時刻也不放棄。

他遵守諾言沒從懸崖
往下跳
遂把自己吊起來。

——刊載於 2019 年 4 月 10 日人間副刊

張錯

1943 年生，本名張振翱，客籍惠陽人，西雅圖華盛頓大學比較文學博士，知名詩人、學者、評論家。美國南加州大學東亞系及比較文學系榮譽正教授，現任台北醫學大學人文藝術講座教授。曾獲時報文學獎詩首獎、國家文藝獎。著作六十餘種，包括中西文學研究、藝術文化評論。近著有《蓪草與畫布：19 世紀外貿畫與中國畫派》（藝術家出版社，2017），《遠洋外貿瓷》（藝術家出版社，2019）

豬舌頭

渡也

昨天太太從市場買回的便當中
躺著一塊肉
很孤獨的樣子

我問太太這是什麼肉？
「舌頭！」
「牛的嗎？」
「豬！」
舌頭並沒有回答
是太太幫舌頭說的

我吃了幾口

舌頭也舔了我
肉質細緻，甜美
慢慢消失的舌頭
一直瞪我

舌頭不會說話
豬說不出話
豬沒有發明語言

舌頭默默看我六十多歲的幾顆牙
和一些好吃懶做的假牙

太太問：
「豬的國家也有語言吧？」
「妳最好去問豬腦！」我回答

昨天夜裡
我夢見菜市場的豬腦來見
來見我肚子裡的舌頭
是要賜給舌頭語言嗎？

我躺在噩夢裡
很孤獨的樣子
嚇得伸出豬舌頭
說不出話

——刊載於 2019 年 8 月 29 日人間副刊

1940—

1942—

渡也

中國文學博士。曾任國立彰化師大國文系、所專任教授及中興大學中文研究所兼任教授。著有《唐代山水小品文研究》、《普遍的象徵》等古典文學論著多種，及《渡也論新詩》、《新詩形式設計的美學》、《新詩補給站》、《新詩新探索》等現代文學論文集。

出版新詩集《手套與愛》、《澎湖的夢都張開翅膀》、《諸羅記》等及散文集《歷山手記》、《永遠的蝴蝶》等現代文學創作集二十餘種。

1920

雕刻自己的刀子

管管

他雕刻自己！
他把自己一刀一刀的刻著，一刀一刀的，天天刻著，夜夜刻著，專心刻著，忘吾的刻著。
刻完肉，再刻骨頭，把骨頭刻完，再刻靈魂！
只剩下一把刀子，一把雕刻自己的刀子！
他笑了！
作品就在那兒！他是一把刀子？
絕不是一把刀子！

——刊載於《文訊》2019年5月號

管管（管運龍，1929）

籍貫山東青島，1949 來台。陸軍通校五期畢。曾任播音總隊軍中電台文藝橋主任。民眾日報出版部主任。好時年出版社總編輯等。

愛荷華大學國際作家工作計畫邀請作家（1982）。得過「香港美協」及「中國現代詩」兩個詩首獎。中華民國文藝協會金筆獎。時報文學獎。2008 年獲黃山歸園國際終身成就詩歌獎。演電視、電影三十多部，詩畫展多次。

散文：《請坐月亮請坐》、《春天坐著花轎來》、《管管散文集》、《早安鳥聲》、《管蕭二重奏》九歌出版。

詩集：《荒無之臉》、《管管詩選》、《管管世紀詩選》爾雅出版、《腦袋開花》商周出版、《茶禪詩畫》爾雅出版、《管管閒詩》江蘇鳳凰、2019 年出版《管管詩集》英文版、2019 年《燙一首詩，送嘴趁熱》印刻出版等。2009 年《現代詩壇的孫行者》管管作品學術研討會論文集，明道大學中文系編輯企劃，詩人學者：蕭蕭主編，萬卷樓出版。

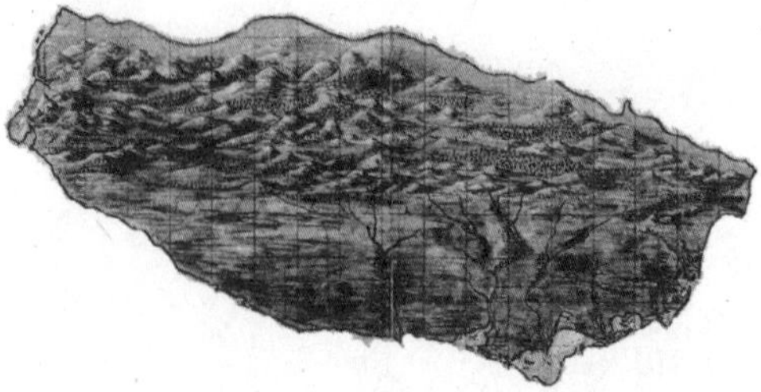

二〇一九
編選筆記

如果臺灣是形容詞

《2019臺灣詩選》編選筆記

孫梓評

一

原以為，會編出一本薄薄的年度詩選。

捫心自問，我不是一個好相處的讀者，略窄的胃口使我讀詩時如同尋求食物般直覺，許多菜色不在我的餐盤上，一如許多詩集不在我的書架上。多年來我始終羨慕對詩有好胃口的鯨向海（1976-），他偏愛詩獨有的形式、相較其他文類更顯輕盈的特性，生活再窘迫，也不至於容不下一首詩。但我，當讀到能以高密度文字摺疊詩意與思想的小說，轉身面對某些訊息量偏低的詩，總有訥訥之感；同時，不知為何，相較於一首寫壞的詩，一篇寫壞的散文，更容易得到我的原諒。

基於這份自知之明，副刊審稿，我常提醒自己：主觀固然難以避免，但盡可能把「我」縮至固定規格，像奇異果包裝廠依果實尺寸進行裝箱的作業員，那條運送果實的履帶從很遠的地方開始轉動，我的工作，是依照既有的尺寸規格，讓（不必然合我口味的）果實能藉由各種銷售管道（紙本，電子報，臉書），去到消費者（讀者）面前。

編年度詩選，角色似乎略有不同。

關鍵字是「2019年」、「臺灣」、「詩」、「選」。時空限定，文類限定，編者限定。我從一個名為「2019年」的冷藏庫，挑出自覺口味宜（忤）人的預冷果物，再依照內心期盼的裝潢，成為一間果物選品店。

二

不是因為擔心品項太少，客人繞了一圈空手而歸，才迎進比預期更多的貨。

我在圖書館，捧著被裝訂成每月一輯的報紙至空桌，時間在翻閱的指尖遭遇貶值卻又凝重，一邊懷念曾有許多副刊的年代，一邊檢驗碩果僅存的副刊負載怎樣的功能：仍企圖與時代對話嗎？副刊編輯關心什麼？詩歌寫作者在意什麼？或在期刊室，借來散裝於開架的文學雜誌與詩刊，逐一重溫2019年大大小小的題目。

每每，圖書館關門後，走在明暗曲折的長巷，心中有飽滿有徬徨。

網路時代，有些工作可以在家裡打開老筆電進行。我上網閱讀發表詩且包含朗讀的網路副刊，臉書上張貼（而非創作）詩、評論詩的專頁，搜尋得到的地方文學獎與學生文學獎得獎作。考量到有些作者不一定將作品發表而直接出版，因此，我也羅列一份 2019 年詩集出版清單，讀後選擇所要的。

當名單更添長更豐富，我腦中的星圖漸次明晰——決定以出生年由近至遠來成為這冊詩選的結構。一直覺得，出生年僅四個數字，卻比文字建構的作者介紹更有效、簡便錨定出一名寫作者的座標。1990 世代寫詩及其繼承的詩觀，和 1930 世代未必不同；然 1940 世代所歷，與 1980 世代的人生風景勢必有異。標示出生年，也便利讀者理解寫作者此刻來到生命中哪個階段，關心什麼主題，如何表現。即使同世代的寫作者，也可能因其風格與教養，得到各自表情。

近廿年前課堂上，我的老師羅智成（1955-）笑稱臺灣現代詩人乃「三代同堂」，那時孤獨國猶未傾圮，石室還沒真的死亡，敲打樂仍有回聲，用腳思想的人慢慢走……如今，連右外野的浪漫主義者都不在了。

所幸，詩創作的隊伍仍這樣浩蕩。目錄所列，必然因為各種因素愧有遺漏，但若做為（不完整的）指南，由此出發，一窺持續湧動生命的臺灣現代詩創作者，應該也是可以的吧。

三

不一定將作品發表而直接出版，比如夏宇（1956-）。2016年夏宇發行《第一人稱》，詩是拍壞的好照片，結合台原偶戲團演出、舉辦新書發表會，並有影像展暨裝置作品《慢速奔馳》——或許可以說，「詩人夏宇」一次次證明她是臺灣當代最重要的「詩行動」（更何況，她還滲透流行音樂，寫了這隻那隻斑馬……）。2019年夏宇出版《羅曼史作為頓悟》，一如只印了七張明信片當成新書發表會般低調，此書也不費心裝幀，僅一百磅單光牛皮印刷，線裝，透明賽璐璐片裹住純白封面上的紅手套究竟是毛料（約會用？）還是塑料（家事用？）未有定論，但內裡規矩印刷的細明體，確實有要我們好好讀詩的用意。

怎樣的詩呢，一前一後兩首長作，前者首刊於搭配即興音樂的柏林念誦，後者發表於裝置藝術的台北跑馬燈，夏宇邀請我們隨時參與，任意中斷，語言像夜空煙火，那一發光就煙散的語言，是邊界的語言，介於中文和翻譯之間，詩和非詩之間，敘述和反敘述之間，彷彿更形隨意的結構，卻總允許不只一個劇場：資本主義社會人間關係。透過對話時有他人加入，性別處境及其遭遇，還有，永恆滾動於各處的「我」，「是那許多不對稱的人完成了我現在的樣子」。

特別喜歡書中一首〈變成湖〉，討論看似最普通的話語如何使生活（廢棄）的水面變為營養豐富，願能收錄。可惜執行編輯筱筠收到歉意的回信，夏宇覺得〈變成湖〉「沒有寫好，一直在等它變化」。

謝謝夏宇。

四

流行音樂是我輩日常澆灌。音樂載體日新月異，大眾成為分眾，芭樂而至饒舌，音樂總是在的吧。回想起來，流行歌詞的營養和詩的營養往往雙效合一。是流行歌讓十二歲的我知道，有人每天打掃身體裡面心的房間，雲的移動是因為騷動，聲音可以是紫色的。如果《2019 臺灣詩選》收錄一首歌詞，我想會是陳珊妮和呂士軒共同創作的〈成為一個厲害的普通人〉。甚至，徐研培手指撥動吉他，那極美的線條也想收錄。

我不確定活著還得點播幾次陳黎〈秋歌〉：「當親愛的神用突然的死／測驗我們對這世界的忠貞」，而陳珊妮溫柔點破「原來生活不過是停下來就傾倒的單車」。

所以，有不告而別的人，有逆向走來的七百萬人，有結伴同行的兩百萬人，有施暴的人，有抗爭的人——「總有天我會打破那扇窗戶的」。

第一次的副歌只有三句：「我要成為～小王子的那朵玫瑰／我要成為～風之谷的一段配樂／我要成為～當年的我的志願」。成為小王子的玫瑰是多麼無聊的事，然確實有種心願是只在愛人目光中感覺特別，不必承受他人視線落差？成為配樂是多麼遐想的事，在後文明時代，要身為戰鬥的配樂還是安魂的配樂才算得其所哉？成為當年的志願是多麼感傷的事，恐怕九成的人（包括我），站立於現在的陰影，都已遺忘當時的月亮？

五

陳珊妮說，「所有配不上這個時代的普通人，都在創造新的時代。」

就像，一場賽事，有夠好的作品，夠好的評審卻沒出現。

六

就像，2019年下半，許多日子，我賴在網路，關注香港抗爭運動報導或直播。不是其他地方苦難不值一提，但當新疆再教育營已被披露的洗腦、暴力、性侵，被中國政府移植到長期處於國際關注下的香港；當原屬於住民或觀光客的街頭，烽煙燃起，恣意催淚，無故拘捕年輕孩子；當高樓墜人，海現浮屍，訴求遊行未獲回應，侯俊明版畫《廬亭》竟成預言……愈來愈多紀念日了，日子坑坑巴巴，抗爭始終未歇。

原希望詩選中有一特輯，獻給這個「無大台」，充滿動能與創意，為了自由，在所不惜的抗爭行動。當然還因為，臺港之間千絲萬縷，香港命運，緊緊牽繫著臺灣。2019年末，當我終於可以到抵香港，恰好逢上低谷中相對寧馨的日子，人們視若無物經過地鐵裡駐守的武裝港警，走過傷口般包紮的港鐵出口，踏過斑馬線塗鴉「香港人反抗！」，來到港島，港府很快已派人將一大片一大片標語塗白（那一秒忽然明白為何恐怖是白色的）；然而情侶牽手等候巴士的站牌上，有人寫：「生活如常？」猶記洗手間窗格，仍貼著兩行字：「即使我被碾成粉末／我也會用灰燼擁抱你」。

來到2020年，世界淪陷於一疫，香港抗爭運動屆滿週年，中國強推港版國安法，遊行一再不獲批准，港人各種努力不懈，企圖發聲——詩選中，從李玥，至楊佳嫻，韓麗珠，廖偉棠，鴻鴻，都以詩作對抗爭運動有程度不一的反思與回應。嵌在由近至遠的日子裡，像時間翻頁時總會遇上的紀念日吧。

七

《2019臺灣詩選》其中一個關鍵字是「臺灣」。

臺灣是什麼？一座島？一個國家？一些族群？幾種語言？臺灣能否是形容詞？如果臺灣是形容詞，假使有人說：「刻意採用這個形式，會顯得沒那麼臺灣」、「一個再小的題目，也可能寫得非常臺灣」、「詩中所有比喻系統，都貼切、準確，而且臺灣」，他們所說，會是什麼？

2019年，臺灣成為亞洲第一個同婚合法化國家——時間長度僅次於敘利亞，曾歷經三十八年戒嚴的臺灣，來到這一步，象徵的不僅是性別平權，更是人權價值的確立。在香港抗爭運動中，露出獰牙的專制威權，使我們更加知覺，看似日常普通的一切，可以轉眼被誰收回。我的香港朋友E在無印良品店舖試筆簿拍下一張照片，原被用來測試筆墨的筆記本，彷彿成了繪馬，或是許願池，上面各種顏色的字是：「香港加油！」、「fight for freedom」、「Be Water」、「想去Taiwan 旅行啊」……

臺灣一年四季盛產果物，在《2019 臺灣詩選》這間選品店裡，希望這些口味宜（忤）人的果物，吃起來都很臺灣。

臺灣詩選. 2019 / 孫梓評主編. -- 初版. --
臺北市 : 二魚文化 , 2020.10
288 面 ; 14.8*21 公分 . -- (文 學 花 園 ;
C148)
ISBN 978-986-98737-1-0(平裝)

863.51　　109014828